遲到的春天

周作汝短篇小說集

周汝國／著

崧燁文化

目錄

出息	9
表嫂	12
不速之客	15
離婚	18
重慶姑娘	22
金大嫂	26
蜜月	29
王大爺的犁頭	34
生產隊長老潘	37
朦朧的夜晚	40
特斯蘭	43
燕兒何處去	47
苗子	49
大白羊	53
藍色的天空	57
都是我的錯	59
涪江河畔的春天	62
小巷深處	69

把春天帶回家	73
遲到的春天	76
兒子不知娘心事	78
斧子	79
腳印	81
老支書	83
老實人做賊	84
李守財	85
耐心	87
女當家	88
諾言	90
山裡女人的夏夜	91
雙龍湖邊的太陽	94
桃花緣	96
王二嫂掃大街	97
小腦殼的心眼	99
新來的年輕人	100
一往情深	102
魚	104

御臨河的春天	107
二爺和牛	109
主任軼事	112
牛車情緣	114
永遠活著的人	115
救災物資	116
熱線	117
社長娘子	119
危險的信號	121
太平門	122
涪江河畔的月亮	123
豐收的喜悅	124
一包舊衣服的故事	126
新媳婦	128
生命的旅程	129
一張意外的匯款單	130
打樣	131
從頭再來	132
信賴	133

山娃	134
抉擇	135
他與她	137
新來的區委書記	138
心計	139
情懷	140
蘭花	142
小河口的故事	143
賣鼠藥的個體戶	144
漩渦	145
遺產	146
校園春風	147
山溝裡的笑聲	149
月夜	150
路娃	152
書記買單	154
假鈔	156
田二妹的幸福生活	158
汪老大的日子	160

阿姐的故事	163
汪局長的逸聞	165
牢騷話	167
豔福	169

遲到的春天：周作汝短篇小說集

出息

　　說起李二娃大家都曉得他只會吹嗩吶、打小鑼,卻不會種莊稼,過去是全村的落後標準,真沒想到現在卻成了村裡的大忙人,常有市裡的人來找他,每次演節目、辦比賽李二娃必去,凡有小河鑼鼓必有李二娃,還時不時登報、上電視呢!

　　大灣有個出了名的美女叫陳絲絲,她娘想把女兒嫁給有錢人,可是陳絲絲一個也看不上,偏偏要嫁給那個窮得響叮噹的李二娃。方圓百里無人不曉。

　　李二娃爹去世早,娘守著兩畝薄地把他拉扯大。有一天他小叔娶媳婦,請來一撥吹鼓手,有抬轎的,吹嗩吶的,打鼓的,敲鑼的。轎上掛燈籠,腰上繫紅綢,就連嗩吶上還有根紅絲帶,好神氣喲!那個吹嗩吶的走到哪裡,李二娃跟到哪裡。

　　「你不幹活,餓了吃啥?」他娘說。

　　師傅說:「和我們坐一桌。」

　　「人家吹嗩吶還坐上席呢。」李二娃嘻嘻笑。

　　喊坐席了,嗩吶隊還要吹一排,打一陣,李二娃還不知自己坐哪個位置。人多事多,他娘把李二娃忘了也來不及找他。那些吹鼓手看這娃兒還挺乖的,就喊他挨著師傅坐,因為他年齡最小,又坐在吹鼓手那一桌,人家好奇,都稱讚他是小河鑼鼓隊的幺徒弟,如果從小就學的話,將來可能還是一把好手。

　　人家休息吃煙喝茶的時候,李二娃不是去打打鼓就是敲敲鑼,吹吹嗩吶,腳不停手不住的,他娘擔心他搞壞了賠不起,罵他不要討人厭,師傅瞇瞇笑:「娃兒喜歡,就讓他學吧!」他娘巴不得給他找個活幹,反正他一天閒著也不做事。

　　別人拜師要好酒款待,寫個投師書,李二娃一點兒沒費力,師傅一句話就成了,他娘從此就把李二娃交給師傅了,彷彿他成了別人家的兒子。有人說:「要手藝會,跟到老師睡。」是真的不?反正小娃兒不懂事,他要去,娘也留不住,就讓李二娃去了。

遲到的春天：周作汝短篇小說集

　　李二娃這一去就很少回家了，師傅走哪裡他就跟到哪裡，小娃兒嘴甜，腳兒跑得快，大家都喜歡，空了就讓他去打一打、吹一吹，不對的地方就教他。小娃兒有興趣，思想單純，學起來容易，很快就能出場了。小河鑼鼓的吹鼓手都是好幾十歲的人了，唯有他年輕，到了十八歲，吹拉彈唱、敲鑼打鼓無一不會，大家都說這娃兒有出息。

　　和李二娃一起的同路人都娶媳婦了，李二娃還在到處跑，他娘心裡著急，他是李家的獨苗，早就該相親了，到處為他張羅。可李二娃一天人影都不見，後悔當初不該讓他學那爛手藝。

　　師傅說：「你急啥？這娃兒有造化，不會娶不到婆娘，想要哪一個選哪一個，你就放心吧！」

　　有一天陳家院子辦喜酒，師傅突然病了，只好李二娃出場，因為人年輕，功氣足，會用力，手指靈，聲音好聽，大家誇獎李二娃，院子裡男男女女、老老少少都來看熱鬧。陳絲絲拉著娘的衣服在人群裡，一眼見了李二娃就不想走了。她娘很生氣：「在那兒幹啥，不害臊嗎？」、「要看，偏要看。」

　　她娘擔心自己女兒給那個吹嗩吶的帶走了，千方百計想找個有錢的婆家讓女兒早點嫁人，誰知陳絲絲一個也看不上，問她到底想嫁給誰，她硬說要嫁給那個吹嗩吶的。

　　她娘說：「你嫁給他這輩子非餓死不可。」

　　「蛇無腳無手都會找吃，我不相信李二娃會餓飯。」陳絲絲回答。

　　心走了，人是留不住的，後來陳絲絲終於嫁給了李二娃。

　　成立人民公社以後，人人靠考核，那時飯都吃不飽哪有錢辦酒，年輕人結婚都是舉行集體婚禮，最多買兩斤糖散散，誰還請得起小河鑼鼓。

　　人家能犁田栽秧，李二娃不懂農業生產，派他和那些老弱婦女幹手頭活，別人一天掙十分，他比一個婦女掙的工錢還要少。有空他又拿起嗩吶吹，那些姑娘小夥們放下活兒聽，村長說李二娃是在搞破壞，拿他做反面教材，人

家「坐火箭」，他是個「小腳女人」。漫畫貼在牆上，陳絲絲她娘罵陳絲絲，是睜起眼睛跳崖，一輩子直不起腰，嫁錯了人。

　　土地下放到戶以後，別家添農具準備大幹一番，李二娃還是把他的嗩吶找出來擦了又擦。婆娘陳絲絲說：「你搞這些幹啥，還不去買雜交水稻，春天該下種了，你拿著嗩吶能當飯吃麼？」

　　這話真還說準了。

　　突然有一天，市文化館館長親自帶了幾個市藝術館的幹部來找李二娃吹嗩吶，瞭解小河鑼鼓，說是要保護非物質文化遺產。

　　小河鑼鼓還值錢了？別說他娘不相信，開始就連村長都不信。

　　從那以後，市裡幹部來了好幾次，說要弘揚民族文化，傳承優秀文化，保護非物質文化。這些新名詞他娘懂都不懂。以前一文不值的小河鑼鼓，想不到今天還真有用了，小河鑼鼓真的派上了用場。凡是哪家嫁女、娶媳婦，都要請李二娃去吹嗩吶，過去李二娃吃「受氣飯」，現在吃的「藝術飯」。

　　在市裡比賽，大灣的小河鑼鼓居然得了一等獎。李二娃上了電視，成了當地的名人，他娘逢人便說：「李二娃有出息。」

表嫂

剛剛吃了早飯，汪洪順站在亂石坪大聲喊：「今天開大會來得了嗎？」

「一家來幾個？」隔壁陳媽立即回應。

「說今天開會要辦席，家家戶戶都不缺哈。」

錢從哪兒來？窮溝裡出了個億萬富翁叫石頭娃，在兩路搞房地產發了財，為了感謝父老鄉親，年年春節前都要買頭肥豬請父老鄉親過個年。往年的規矩是一家來一個，村民小組長順便召開群眾大會，同時也請村幹部參加。今年和往年不同，有的農民有意見，說：「沒得吃，只能看，不愉快。」洪順問石頭娃咋辦？石頭娃說：「好，都請，人多熱鬧，一頭豬不行，多買一頭。」還叫他的司機再去多買幾箱渝北老窖。

為何石頭娃要感謝鄉親呢？說起來很有趣。

那年冬天，石頭娃給表嫂做豬圈，完工了要掃掃圈，吃點東西，喝碗開水。民間有個風俗，做豬圈不能像平時那麼客氣，說吃就吃不能推讓，而且越快越好。如果做圈的師傅吃得快，象徵豬會吃、會睡、肯長。誰知表嫂把桌上的半碗白酒當成水了，順手遞給石頭娃，他就一口乾了，表嫂急忙進屋拿紅包，半天找不著事先準備好的錢放哪兒去了，石頭娃見表嫂不出房門，以為她有意把他灌醉，衝進房屋找表嫂糾纏，表嫂嘻嘻笑，這一笑麻煩就來了，他以為表嫂動心了，伸手去抱表嫂時，表哥回來了。

後來不論石頭娃咋個解釋，表嫂咋個勸說，表哥都不依。社長是個明理的人：「你不要怪石頭娃，是你婆娘把酒當成水了。」村主任也伸張正義，批評他表哥胡思亂想，還說石頭娃是個老實人。表哥不依，非要石頭娃當眾道歉。

石頭娃到底有沒有想法，以前有沒有前科？誰也說不清楚，只曉得他平日與表嫂愛開玩笑。因為表哥很少在家，凡是家裡有事表嫂就叫石頭娃。未做豬圈之前，也有人背地裡說他們的「壞話」，他當沒聽見，表嫂聽到也不

在意，表哥卻懷疑在心。現在這一鬧，村子裡無人不曉，逼得石頭娃進城工作。

有些好事可以變壞，壞事也可以變好。那天石頭娃正在吃早飯，突然門口來了輛四個圈圈的奧迪轎車，下來吃飯的，就是過去和石頭娃一起讀小學的二莽子，見了石頭娃就像見了多年沒見的親兄弟。「你啥時來的？」二莽子順手掏一百元遞過去給老闆，「把他的飯錢一起開了！」當年皮黃寡廋的二莽子，現在有了啤酒肚，人有錢，口氣也大了，聽說石頭娃進城找工作，很高興地說：「我工地上正缺人，幫我幹行不？」

「行。」石頭娃說。

剛去不久，石頭娃就從普通民工提拔為班長，後來叫他學看工程圖，到渝北鋼建培訓中心去學習、考證。開始石頭娃只想混口飯吃，沒有想到自己會成為施工員，工資比人家高幾倍。後來二莽子忙不過來，乾脆就拿一個工地讓他去做，利潤三七開，石頭娃得七，二莽子得三。因為是自己的，每一個工口他都親自把關，第一個工程就賺了幾十萬，而且還成了優質工程。生意一天比一天好，二莽子有了車，石頭娃也有車了。

那年春天，剛過完年不久，村裡人紛紛進城工作，石頭娃回家祭了祖墳就立即往城裡趕，突然他發現表嫂在三岔路口等車，想叫她上車，但婆娘坐在車上，他停下來望了一眼，想喊又沒有喊。婆娘問他是哪個，石頭娃剛說是表嫂，立即又改口說是一個村裡的人。婆娘說：「你以為老娘啥都不懂嗎？為啥不叫上車來讓我看看？」石頭娃不開腔，車子一直往前開，平時回家他都有擺不完的龍門陣，今日一直不說話，婆娘也不高興，回到房門口，石頭娃就說有事出去了。

石頭娃將車子掉頭，開得飛快。開到之前看見表嫂的地方，他問路人有沒有看見一個穿花衣服的中年婦女。有個老太婆說剛走一會兒，他立即又調頭。春節後進城工作的人陸陸續續到單位報到，處處都是從家鄉來的人，人山人海，剛準備調頭回家時，表嫂突然出現在他的車前。

「上車吧。」

遲到的春天：周作汝短篇小說集

「謝謝了，你快回去吧，老婆在家等你。」說完表嫂擠進了人群。

石頭娃無精打采往回開，明明該走東邊，他卻走西邊，一直到晚上十二點才回家。

之後他時常想起做豬圈的事，要不是給表嫂做豬圈，就不會進城工作，不進城工作就沒有今天，要不是村裡人說情，也沒有今天。因此，他每年在春節之前，都要請村民過個年，每年過年他都要請表嫂一家人，可是每年過年，全村人都來了，只有表嫂沒有來。

石頭娃給村長說：「一定要請一請表嫂。」石頭娃又說：「表嫂沒有來，明年就不辦了。」村長是個明白人，這不僅僅是辦不辦席的問題，村裡還有一段路沒有修，橋沒人管……捨不得羊就套不住狼，村裡還需要石頭娃投資。村長把他表哥找來，批評他思想不解放，叫他不要把做豬圈那些事記在心上，一定要從大局出發，村裡的公路需要投資，小河口沒有橋，村裡學生讀書水裡過，洪水來了繞道走，這些事大家都要支持和幫助。他表哥帶著哭臉走出辦公室：「我能造成多大作用？要不是你們，他石頭娃早就被關起了。」

聽說過年有可能見不到表嫂，石頭娃心裡不高興，原來他打算拿錢把路修通，現在開始動搖了。投不投資都是石頭娃自願，村長是個明白人，他把任務下放到社裡，讓大家必須想辦法聯繫上他表嫂。後來聽說他表嫂在深圳，前幾天有人還見過她。村長很高興，立即叫他表哥去把人叫回來。見到他表嫂後，開始還不敢說是村長叫他來的，後來才說明來意，這一說他表嫂不高興了：「我以為你是來看我的，原來是村長派你來的，你真沒良心，把村長電話給我，有什麼事我找他。」

後來聽說石頭娃表嫂回來了，過年那天村子裡凡是能來的都來了，唯有他表哥沒有來。

不速之客

　　快到下班時間了,同事們已陸陸續續到食堂吃飯,這時突然來了一個不尋常的客人,自稱是來工業園區瞭解情況的,有的人只看了他一眼沒有開腔,有的人還帶著嘲笑和譏諷說:「你到接待辦去吧。」

　　這個客人,穿了一件有小洞的汗衫背心,身上掛著一個朱紅色的牛皮包,就像從垃圾箱裡撿來的,雖不像一個商人,但用一部高檔手機,不停地打電話。

　　接待他的是個女孩,大家都叫她小朱,是公開招聘進來的大學生,不僅人長得漂亮,而且會一口流利的普通話,據說還會九個國家的語言。她剛剛準備去吃飯,卻突然來了這麼一個客人。她說:「您好,我能幫你做點什麼嗎?」

　　他一邊擦汗水一邊說:「沒事,只是想看一看。」

　　「有車嗎?快叫駕駛員進來坐坐。」小朱很「藝術」地提問,實際上想瞭解一下客人的身份。

　　他笑笑說:「沒有⋯⋯」

　　「那我先把資料給你吧!」

　　「好的。」他笑笑,拿起資料坐下來。

　　小朱接了一杯水遞過去,他笑著說:「謝謝!」一口就乾了。她又接了一杯,他又一口乾了,這時小朱趕忙去拿礦泉水。「謝謝!」他望了小朱一眼,繼續看資料。

　　「喂,你還不吃飯呀?」有的同事都吃完午飯了,接待辦的小朱還在找資料。「你們吃吧,我還有客人。」

　　他笑笑說:「不好意思,打擾了。」

　　「沒事沒事。」小朱說。

遲到的春天：周作汝短篇小說集

　　客人不走，接待辦的小朱也不能去吃飯，他一會兒問園區有多少畝地，一會兒又問園區有哪些優惠政策，辦廠需要什麼條件，政府能夠提供哪些幫助，交通、水電、通訊以及供氣等都問得非常仔細，接待辦的小朱把整體布局和重慶的區域優勢粗略地講了一遍，然後又重點介紹了園區的招商引資政策。

　　「如果你願意來創業，我願意為你效勞，提供方便！」

　　他笑笑說：「謝謝！現在已是中午十二點半了，美女，你願意和我吃個飯嗎？」

　　接待辦的小朱說：「謝謝了，我們有規定不能隨便和客人吃飯的，要不今天我請你吧，因為你是客人。」

　　他笑笑說：「不，我請你。」

　　「歡迎你到園區做客。」小朱說。

　　「好的，我想要辦個小廠能行嗎？」他笑笑。

　　「行！不論規模大小你都是我們的貴賓！」小朱說。

　　他笑笑說：「我想用三千畝地創辦國際一流的印刷廠，你能做主不？」

　　「這個……我要請示領導！」小朱有點為難的樣子。

　　「不，我只需要你表過態就行了。」他笑笑說。

　　這時辦公室一片喧嘩，誰也不相信他是個投資商，有人說他是精神病，有人說他是騙子但又不太像，有的仔細觀察他，認為他來歷不凡，窮人哪能用高檔手機……

　　正說著，外面來了六七輛高級轎車，十幾個西裝革履的北方人叫他楊總，一一和他握手。

　　原來他們是從北京來的經濟組織，在這之前他們兵分四路全國選址，而這次考察把人文環境作為第一要素。

　　誰也沒想到一個十億元的項目就這樣被小朱搞定了。

一輛輛轎車上了兩江大道,很快消失在夏日的陽光裡。

離婚

昨夜下了一場小雨，吹了一陣風，樹上的花瓣像雪花飄落在地上。

李翠花一直往前走，她男人終於答應在婚姻登記所見面。

他們鬧離婚已經有好幾年了。說起這樁婚事，一開始她怪王大娘說了假話，明明不是「鄧總」，但王大娘總說別人都是那麼稱呼的，她一個字兒也沒改。等李翠花辦了證才知道實情，啥「鄧總」喲，原來是個蓋房子的泥水工。

李翠花是李家村公認的美女，剛到十八歲，求婚的人絡繹不絕，門檻都踏爛了，但村裡的小夥子她一個也看不上。

記得農村剛剛土地下放到戶時，有人給李翠花介紹對象，娘問她去不，李翠花焦眉愁眼地說：「好遠啊！」

那時沒有公路，去來要走好幾個小時，人生地不熟的。以前姑娘時興看人戶，多數是女方到男方家相親，中意了就在男方家吃頓飯定下來，不中意就要即時撤退。一般看人戶要有人陪，不是爸媽陪同就是兄弟姊妹或家裡長輩，一般不獨自上門的。女方為了保密，所以看人戶也很低調，盡量不讓別人知道，事成了才通知大家喝喜酒。

李翠花要求並不高，她爹說必須是廠長、經理、老總才去，她娘說至少要嫁個萬元戶，那時村子裡千元戶都很少。

正好王大娘做媒，說放牛坪那邊有個「鄧總」人不錯。

「鄧總」具體叫啥名字，很多人都不知道，據說「鄧總」只讀了個國中一年級就出去做泥水工、蓋高樓，但是每次「鄧總」回來都讓人吃驚，頭髮梳得光光的，皮鞋擦得亮亮的。過去不像現在，農村人哪裡有錢穿皮鞋。每次「鄧總」回來，都要和村裡的人擺幾句城裡人的龍門陣，讓大家見識見識，聽聽城裡的新聞。「鄧總」來者不拒，玉溪煙隨便抽，到了晌午沒走的還請喝杯小酒。人家都羨慕鄧家出了個大款，兒子是老總，在外搞房地產，有錢。

李翠花跨進鄧家門，街坊四鄰都來祝賀，「鄧總」前「鄧總」後的，拍馬屁、獻殷勤的多得很，都說李翠花嫁到了福門，說「鄧總」有錢，第一回見面禮就是上千塊，那時一千塊不是個小數目，翠花的娘臉上笑起了豌豆角。

剛到端午節，王大娘就說你們早點結喲，像「鄧總」那麼有錢的人，能看上李翠花是她的福。她爹說：「才認識不久，是不是過段時間再說？」王大娘說：「我怕夜長夢多，說親的人很多……」

翠花爹不放心，耳聽為虛，眼見為實，他親自到兩路工地上去打聽，挖掘機正在挖土，幾十輛砂石車穿梭如雲，「鄧總」戴個安全帽正在工地上指揮，守工地的是個老頭，聽說找「鄧總」，立即去拿礦泉水，說要請他吃個飯。翠花爹說不用了，他得早點趕路。

到了中秋節，王大娘催著辦手續，李翠花沒有拒絕。剛剛走出民政局，「鄧總」的表親看見他娶了個大美女羨慕極了，沒想到一個農民工娶的老婆比他的強。

表親在城裡的機關工作，叫「鄧總」吃個飯，三杯酒下肚什麼話都說了。

這時李翠花有些後悔，但是已經來不及了，結婚證已經辦了。

王大娘催辦喜酒，李翠花罵王大娘撒謊，王大娘說：「你可別怪我哈，當初是你自己看的人啊，你爹還親自去做了調查，罵歸罵，酒還是得辦了。」

結婚當天晚上，李翠花久久不睡覺，「鄧總」催了好幾遍了她也不理，實在忍不住了才說：「你有什麼不高興的，結婚是喜事你為什麼這樣？」

「你不該騙我。」李翠花說。

「誰騙了你？我有什麼對不起你的？人家見面兩百元，我給的是一千元，端午節、中秋節都比別人多幾倍，為了娶你我每天吃饅頭酸菜。」

第二天早上，大家吃飯的時候不見「鄧總」，王大娘叫謝媒。什麼叫謝媒，以前新郎和新娘舉行了婚禮就要表示感謝，同時也表示媒人的任務完成了，新郎新娘就要端上禮品和禮金酬謝，相當於工人幹了活要給工錢。

遲到的春天：周作汝短篇小說集

　　李翠花說，你找「鄧總」去吧，他已經出遠門了，具體走哪去了，她也不清楚。

　　「鄧總」才走了幾個月，李翠花就提出離婚，別的男人還會苦苦哀求，「鄧總」卻滿口答應了。可是「鄧總」一直很忙，每次都說把這幢樓蓋好以後就回家辦手續。

　　「鄧總」出門以後，李翠花就回娘家去了，一直在娘家生活，既不下戶口也不辦遷移，知道的人勸李翠花和好，她說：「和啥？王大娘是個騙子，『鄧總』也是個騙子，他們是一夥的。」

　　「是騙子你就報警吧，你自個兒看的人，自個兒簽字蓋的章。」

　　李翠花說：「結了可以離，結婚自願，離婚自由。」

　　「鄧總」心裡也不高興：「離就離。」

　　李翠花說：「你什麼時候回來辦手續？」

　　「把這幢樓蓋好以後就回來。」原來「鄧總」不是總經理，只是一個工地上的管理員，項目經理，工人們卻叫他「鄧總」，因為喊慣了。

　　這幢樓蓋完了，第二幢樓又動工了，李翠花又問：「你什麼時候回來辦手續？」

　　「鄧總」說：「把這幢樓蓋完了就回來。」後來李翠花再問的時候，「鄧總」電話也不接了。

　　轉眼又是好幾年，李翠花臉上有了皺紋，如果「鄧總」再不回來，以後她更不好嫁人了。

　　春節以後李翠花突然接到「鄧總」的電話，說他要回家一趟，叫李翠花直接到鄉里來，所以天不亮她就上路了。

　　因為昨天夜裡下了雨，路上不好走，快十一點了她才到鄉政府，誰知鄉上正在開大會，路兩旁插著彩旗，路口打著鮮紅的橫幅──熱烈歡迎「鄧總」回鄉投資。

會場紅旗招展,迎風飄揚,鑼鼓喧天,比嫁女、娶媳婦、逢年過節還熱鬧,旁邊有個人正在擺「鄧總」回鄉投資修路的事,到底是哪個「鄧總」,她聽得不明不白,擠進人群打聽,才知道說的正是她要見的那個「鄧總」,她想核實一下,給「鄧總」打電話沒人接,原來「鄧總」正在台上講話。

　　散會以後,「鄧總」去找李翠花,卻不見人了。

重慶姑娘

夜裡下了一場大雨，空氣濕潤，路邊的高樓像被水洗過一樣乾乾淨淨，樹木顯得更綠了。

一輛銀灰色的小轎車在渝長路奔馳，前排坐的是一位臺灣商人，擁有十億資產的董事長，前往龍興古鎮尋找曾經為他買過機票的重慶姑娘。

2010年的春天，一位八十歲高齡的老人，從臺灣來到重慶渝北的龍興古鎮，夜宿一家酒店。老人本來是打算回老家潼南的，誰知開出租車的司機是個新手，本來該經渝遂方向走北碚，司機卻走到渝長路龍興下道，眼看天色已晚，老人只好夜宿龍興古鎮。

他來到酒店門前，出門迎接的是一位姑娘，急忙接過他的行李，攙扶著他。老人問：「你叫什麼名字？」

姑娘莞爾一笑，說：「重慶姑娘。」

「你今年多大了？」

「二十歲。」

「家住哪裡？」

「御臨河。」

「哪個學校畢業的？」

「中華職業學校。」

當姑娘說到中華職業學校的時候，老人停頓了一下，他好像若有所思，想起了往事。老人又問她知不知道黃炎培、于學忠，姑娘點點頭。老人又問那姑娘知道余光中不，姑娘微笑了一下沒有回答。

老人笑笑說：「余光中是一位大詩人，曾經就住在悅來場⋯⋯」

老人見到那位姑娘就像見到了親人一樣，不停地問這問那，姑娘不斷地回答著提問。然後姑娘跑到前台去登記，教老人把卡插在牆上才能打開電源，

出門要帶上卡，怎樣打開電視機，遙控板、電熱水壺在哪裡，等等，說完之後又說需要什麼可直接與前台聯繫，電話是多少……

一會兒電話響了，姑娘問：「先生，您需要點什麼？」

「你們有什麼特色菜？」

「有御臨河的黃蠟丁、排花洞的豬肉、蘇家寨的雞……」

「每樣來一點吧。」

「嗯，沒關係，我都想嘗一嘗。」

為了滿足老人的心願，老闆每樣分了一小份讓姑娘端了去。結帳時姑娘說只要三十元。老人一點都不相信，連連說菜太便宜了。

第二天早晨，老人又給前台打電話，問能不能帶他看一看龍興古鎮。老闆說：「行啊，我們還是派昨天那位姑娘去。」他們南進北出，一路上經過了華夏宗祠、劉家大院、龍藏宮等。姑娘說在華夏宗祠可以找到自己的祖宗，老人有些不相信。走進華夏宗祠大廳，只見上面有一百七十四個百家姓的姓氏目錄。只要找到自己的姓，就可找到自己的祖先，而這些姓氏祖先全部是用銅鑄成像，栩栩如生，各有不同。他在自己的祖先面前叩頭跪拜，出門的時候又在華夏宗祠花十五元買了一本有自己本姓的筆記本，那上面還有本姓的詳細介紹，他愛不釋手地邊走邊看，如獲至寶。

當老人往回走的時候，姑娘又介紹說這兒是兩江新區龍興工業園。順著她手指的方向，老人看到數以百計的挖土機和大卡車正在忙碌著，問是在修什麼，姑娘說：「這裡是工業園區。」、「什麼是工業園區？」姑娘答不上來，只是笑著說：「我帶你到工業園區管委會問問。」

管委會的同志以為老人是來找人的，結果聽說是個回鄉探親的臺胞，立即找了一大堆資料，介紹龍興工業園區開發建設、招商引資政策以及未來的規劃藍圖等等。老人一邊聽一邊暢想，彷彿看見了皮拉圖斯飛機工廠裡的飛機正在試飛，又彷彿看見了博林特電梯工廠裡正在為新生產的電梯測速……

遲到的春天：周作汝短篇小說集

　　第二天早上，老人收拾行李準備啟程，突然發現錢包不見了。他檢查了身上、地上、洗手間，始終茫然無果。他仔細看了一下窗子也沒什麼跡印，再看看門櫃均完好無損。這到底是怎麼回事呢？他在屋裡來回踱著步，突然重慶姑娘出現在他眼前並微笑著問：「先生，該用早餐了，您想吃點什麼？」老人淡淡地說：「不用了，你能幫我買張回臺灣的機票嗎？」姑娘點了點頭就出去了。

　　姑娘出門後經過了一條長長的街才找到機票銷售點，她問到臺灣的機票多少錢一張，售票員說兩千塊。那得幾個月的工資加起來才夠呀！她身上所有的錢湊起來還差一大截。姑娘急急忙忙去另一條街找她的同學借錢。同學說：「你傻了吧？不是我不借錢給你，只是酒店客人一走了之不還錢你怎麼辦？為一個素不相識的老人借錢買機票，真是不可思議！你怎麼昏頭昏腦呀？不行！不行！」姑娘並沒有繼續解釋，轉頭攔了輛出租車去找姐姐借錢，結果又被姐姐數落了一通。最後，她跑回家給媽媽撒了個謊才把買機票的錢湊夠了。這時姑娘面帶喜色、跑得上氣不接下氣地又來到了機票銷售點。

　　姑娘買了票，誤了上班的時間，老闆把她叫到辦公室，問她去哪兒了，這時她才吞吞吐吐地把老人錢包掉了的事告訴老闆。「你為什麼不早點告訴我？」老闆很著急，問老人掉了多少錢，老人說：「不多，不多，就幾千塊錢吧，小事，小事，我叫姑娘幫我了買張機票，回去後給她寄錢來。」

　　老闆立即向鎮政府報告，領導聽說臺胞在酒店掉了錢，又給派出所打電話，派出所也很重視，派人到酒店調查。姑娘從來沒接觸過警察，嚇得全身發抖，還沒跨進派出所門口就哇的一聲哭出來了。

　　老人的住房只有姑娘去過，最大的嫌疑人就是姑娘，老闆很生氣，立即叫財務結算工資讓姑娘走人。姑娘含著眼淚離開了酒店。

　　李阿姨在房間收拾床單時，突然發現被套下有個東西，彎腰仔細一看，是個黑色的錢包，立即向老闆報告。

　　老人回去後立即給姑娘打了一萬塊錢。老闆收到匯款單後很驚訝，可是他怎麼也打不通姑娘的電話，結果這錢又給退回去了。老人很納悶，總是放

心不下，於是決定親自回一趟大陸，要重重感謝那位姑娘，當他再次來到龍興古鎮時，已經找不到姑娘了。

金大嫂

　　在巴渝農村偏遠山區有戶人家，男的姓楊，女的姓金，而在農村裡面兒誰都知道金大嫂。

　　金大嫂的男人家在舊時是真正的佃農，比貧民還窮。父母早逝留下兩兄弟，他叫楊得天，弟弟叫楊得厚，故為得天獨厚。楊得天從小幫人割草放牛為生，弟弟被伯父收養長大成人。土改時，弟弟參加了中國人民解放軍，楊得天分得地主一間瓦房，有了房子，有了土地，他連睡著了都會笑醒。而好事接踵而來，工作組牽紅線，說楊得天單身獨人沒有負擔，花轎抬來一個姓金的女人，揭開紅蓋頭才知道她一臉大麻子，是小時候生天花留下的一個個圓圓的點，但皮膚很白。有人說，只有楊得天最幸福，共產黨給他分房子、分土地，還給他討了個老婆。

　　誰知天有不測風雲，結婚第二年春天，楊得天在坡上耕地，牛在岩邊打轉時，他被翻到岩下去，傷勢十分嚴重。多虧已是副團長的弟弟楊得厚馬上給哥哥寄了一大筆錢來治療，才保住了命。但是被就近的鄉土醫生給治療成了一個跛子，走路一拐一拐的，楊得天望著身段豐滿的老婆說：「感謝你留在我身邊。」金大嫂還有啥話說呢？她只是消消流淚。

　　娘家哥哥、嫂嫂說：「剛結婚不久，趁沒有負擔離婚吧，你一輩子剛開頭呢，路還長啊。」可是弟弟楊得厚在部隊是軍官，經常給楊得天寄錢。金大嫂還有啥話說呢？也許是命運的安排。楊得天一看見金大嫂流淚，他也流淚。他流淚不要緊，隔壁鄰居也都跟著一起流淚。隔壁李志武火了：「別哭了，有啥活幹不了的都找我李志武！」

　　楊得天就需要這句話，對金大嫂來說也有了一種安慰，凡是女人不能幹的活兒都找李志武，這個家也就不會散了。

　　那年秋天，田裡的莊稼收穫了，倉裡堆滿了金燦燦的稻穀，圈裡豬兒也肥了。金大嫂生了一個兒子，白胖胖的。楊得天只能坐在灶門邊添柴燒水煮

飯，隔壁李志武全家卻忙得不亦樂乎，李志武的娘幫助金大嫂洗衣、抱孩子，李志武殺豬宰羊忙裡忙外。有人說像李志武家生孩子似的。

金大嫂從此有了生活的勇氣，彷彿有了一種寄託，一種希望，凡是遇到困難的時候，看到兒子，想到隔壁鄰居和部隊的團長弟弟心裡就寬慰了。

那天金大嫂趕市集去了，家裡來了個收雞毛、鴨毛的表親。他說金大嫂和李志武一前一後比兩口兒還親熱，多半孩子就是李志武的。楊得天想：我真是個木腦殼！怪不得隔壁全家那麼熱心，原來是這麼一回事，不如眼睛一閉，眼不見心不煩。他悄悄找了一根繩子懸樑上吊。金大嫂把楊得天抱下來時他還有熱氣，醒來時被金大嫂一頓臭罵：「你要死，就死遠些，不要死在屋裡嚇人！你吃現成我沒罵你、打你，吃飯沒搶你的碗，你還有啥想不通？現在你要死就走遠些，不留你，你死了我好找一個能犁田擔糞上山的……」

誰知這話反而像靈丹妙藥，治好了楊得天的心病。以後楊得天再也不想死了。

楊得天是這樣想的：為啥我要去死，死了不是白白把老婆送給別人，老婆是共產黨給我的，永遠屬於我，活著是她的丈夫，死了也是她的鬼，你龜兒子總不敢明目張膽……

金大嫂除了臉上有大麻子以外，村裡女人誰也比不上她。比如說她頭髮黑，像燙過的一樣直，很好看。身體好，沒有病，從背影看，真的會迷倒男人。就連工作組長也稱讚她能幹。

說說養牛吧，別人養牛總不產仔，她養牛三年產兩頭，從農業社集體生產開始，至少為集體發展了幾十頭牛。那時政府為了發展耕牛，產一頭小牛獎勵 50 斤碎米，後來獎 50 斤大米，在生活緊張的年月，大米比錢還重要，米飯能救命，錢常常買不到吃的。別人得水腫，有的死了，楊得天卻不得水腫，有人說龜兒子靠金大嫂享福。

公社召開勞動模範大會，叫金大嫂發言，她說：「牛跟人一樣，吃孬了沒有精神，草料跟上了，牛才發情。」

她一句話把所有人逗笑了，大家點頭說：「話醜理正。」

從此，沒有人不認識金大嫂。大家都說要是金大嫂臉上沒有麻子就好了，也有人說如果金大嫂臉上沒麻子，就不會帶來財運。你看她養豬，很少生病，比別人的豬肯長。那時生產缺肥料，鼓勵農民養豬。農業社養豬，以豬的重量來計算肥料錢，每次生產，隊會計和副業社長去過秤時，她家的豬都比別人養的豬重。

　　有的人年年打豬官司，而她年年要殺大肥豬，都說金大嫂「八字占金剛，養豬不要糠」。

　　但知道的人都曉得金大嫂勤快，天天上坡割野豬草，她說野豬草有藥性，比如鐵馬草清火，燈籠草打毒，砂仁健胃，可防病、治病，獸防站長說金大嫂要是有文化，這獸防站長就該她當。

　　包產到戶那年，公社推廣長白豬，獸防站在榮昌弄回一頭長白豬種豬，獸防站長首先提議叫金大嫂飼養。開始老百姓不相信長白豬長得快、長得大。因養豬的人是個女的，有的男人覺得不可思議。豬交配時她還親自動手，誰說不見笑。金大嫂說有啥笑的，正事呢。

　　全公社十幾個村子，養母豬的上千戶，哪家需要都得去，有的隔河渡水十幾公里，翻山越嶺也真累人。一天她在電視裡看到宣傳人工授精，立即去找獸防站長想辦法，站長說找個木匠做個假母豬，天天早上採精，也真成功了。縣報在顯要的位置登了一篇報導：《金大嫂推廣良種豬人工授精成功》。

　　縣裡召開農業生產春耕動員大會，受表彰的金大嫂發言，她的題目是「推廣良種豬人工授精」。

蜜月

　　夏玉坤和李小蘭原計劃度過這個暑假就去辦離婚手續，誰也沒想到即將死亡的婚姻卻復活了，彷彿度過了一個毫無準備的蜜月。

　　夏玉坤的性格很內向，平時不愛說話，是美術系的，剛一畢業就被分配到某個學校教中文。常言說：「隔行如隔山。」不過他倒是沒有把這事放在心上，既來之則安之，要適應這個崗位就必須調整思路，邊教邊學，白天上講台，晚上啃書本，進屋就是看書，家裡的事兒也顧不上了。不過妻子李小蘭也不要他管，因為妻子是從事行政工作的，不是下隊就是開會，平時很少回家吃飯，打掃衛生有保潔員。所以和李小蘭結婚幾年了都是各走各的路，各吃各的飯，只是同在一個屋。

　　李小蘭和夏玉坤恰恰相反，外向開朗，做事風風火火，每次單位選先進工作者（遵守國家法律法規，愛崗敬業，奮發進取，開拓創新，勇於奉獻的人的榮譽和表彰）都有她。越是「選進」，她就越發奮，越是提拔得快，越是要帶頭，越是要集中精力搞好工作。除了搞好本職工作，還要應付許多社會活動。因此，她每天回到家裡的時候，丈夫早已關門睡了，天一亮，丈夫又不見了。

　　按理說星期天應該是屬於他們的，但是一個要考研究生，一個要參加社會活動，兩個人總是不能好好在一起度過一個週末。唯一讓夏玉坤開心的，就是隔壁鄰居的小女孩，每次他下班回來，小女孩就像一只小蝴蝶向他飛來，叫聲「夏叔叔」，向他微笑，然後張開小手要他抱。

　　每次夏玉坤出差歸來，他不是買個兒童玩具，就是買點糖果之類的東西，小女孩很開心，她媽媽高興地說：「快謝謝夏叔叔。」小女孩的媽媽姓王，是從鄉下來的，男人是個裝修工，大家都叫他張木匠，天不亮就出去了，很晚才回家，所以小王就在家照顧女兒。

遲到的春天：周作汝短篇小說集

　　有一天晚上，張木匠回來已經快十一點了，夏玉坤正在看書，突然聽見小女孩一邊敲門一邊大聲喊：「叔叔，爸爸和媽媽打架了！」夏玉坤過去說：「你們大人打架，別影響小孩子的成長！」小女孩的媽媽笑笑說：「不是的。」

　　不管什麼時候，小女孩的爸爸打她，她就喊夏叔叔，媽媽罵她，她也叫夏叔叔。夏玉坤像是小女孩的保鏢。在張木匠面前，小女孩從來不撒嬌，彷彿不是他的孩子。

　　記得一年春天，剛放假不久，李小蘭要到北京開會，夏玉坤哪兒也沒有去，決定帶著小女孩逛逛南山，問小女孩的媽媽同意不，她媽媽很高興地說：「好哇，他爸一天都在忙活兒，從不關心孩子。」話沒說完，小女孩就跑到夏玉坤的懷裡了，她向媽媽擺了擺小手就跟著夏叔叔出去了。

　　因為放假了，裝修房子的業主也不在，材料購不回來，必須等業主回來才能開工。所以張木匠去了一趟就回來了。吃飯時，才想起孩子不見了，問她媽孩子哪去了，小王說夏玉坤帶到南山去玩了，張木匠聽說女兒被夏玉坤帶走了，心裡很不高興，責怪小王把孩子慣壞了，今後不好管，長大了能聽誰的話，非要小王到南山去把孩子找回來。小女孩她媽說：「南山是風景區，沒有手機號碼，到哪兒去找？」、「你就在南山車站等。」

　　小女孩的媽媽換了件衣服就往南山去了。

　　且說李小蘭剛要換登機牌的時候，突然接到父親打來的電話，說她母親病危，要她和夏玉坤回去一趟，說不定是見最後一面。所以李小蘭立即向組織請假，決定回家和夏玉坤一起去。進屋不見夏玉坤，手機也打不通，只好自己先走一步，因為很著急，走的時侯只跟鄰居張木匠留了個口信。

　　平時倒無所謂，今兒卻非同一般。今天夏玉坤到南山是李小蘭沒預料到的，如果自己拋下夏玉坤一個人先回去見媽媽的話，不知爸爸怎麼想，親戚朋友咋個說。

　　南山這麼大，怎麼找，小王只好搜尋那些和女兒相似的人，過馬路時差點被汽車撞了，被司機狠狠罵了一通。她從植物園到遊樂園，從東到西，從南到北，就是不見夏玉坤和孩子的影子，他們到底是不是到南山來了？現在

蜜月

　　她很後悔當初沒有留夏玉坤的電話，不應該讓女兒和他去玩，要是有個什麼事兒咋辦。說曹操曹操到，一聲汽笛把她嚇了一跳，小女孩正坐在夏玉坤的懷裡，叫她上車時她還有些不自然，因為車裡除了司機就只有他們三個人，儼然一家三口。

　　李小蘭趕到人民醫院時，已是晚上八點了，一進門父親就問她夏玉坤怎麼沒來，李小蘭只是說夏玉坤隨後就到，隻字沒提自己丈夫到哪去了。母親靜靜地躺在急救室，李小蘭的大姐和姐夫都來了，還有很多侄子侄女，所有該來的三親六戚都到齊了，就夏玉坤沒有到，父親板著臉，手裡拿著病危通知書。

　　夏玉坤在南山玩得很開心，而且剛一下車就碰上了多年沒見的同學，現在已經是房地產的老闆了，孩子已經快上小學一年級了，正好和小女孩差不多大，同學夫人開口就問小女孩：「你媽媽呢？」

　　小女孩結結巴巴地說：「媽媽要給爸爸做飯。」同學夫人沒有再往下問。

　　老同學相見，難免喝一杯，三杯酒下肚，話就多起來了。老同學怎麼也不相信夏玉坤是帶著別人的孩子，覺得要麼是情人的，或者是另有原因，同學夫人說：「現在這種事兒多著呢，用不著大驚小怪。」

　　回到家裡夏玉坤的高興勁兒一點兒也沒有了，他開始對李小蘭不滿，結婚這麼多年，為什麼不生個孩子？每次說到要孩子的事都是不冷不熱的。叫李小蘭去醫院看看，她卻說：「你是不是有毛病？我可沒有時間來考慮這些問題，咱們應該把精力放在工作上，人家都是處級了，你呢？只知道要孩子。」想起這些事，他心裡難受極了，洗澡的時候才發現手機不見了，他以為李小蘭去北京開會了，所以也沒有想到給李小蘭打個電話。他真有些後悔和事業型女性結婚，如果再不改變，人都老了，青春就過了。

　　在過去，李小蘭在父母心裡是最有出息的，應該造成帶頭作用，沒想到的是，在李小蘭母親病重時夏玉坤也沒來看一眼，直到她母親離開人世的第二天早上，夏玉坤聽張木匠說才趕到醫院。

遲到的春天：周作汝短篇小說集

　　安葬母親以後，夏玉坤就和李小蘭開始了正面談話，提出了「離婚」這兩個字。是李小蘭先提出來的，既然到了這般田地，兩個人都達成了一致協議，為了不影響工作，好聚好散，他們決定出去旅遊，待旅遊後再回來辦理離婚手續。

　　因為要分手了，什麼都感覺無所謂，心裡總是想著往事，想著當年相戀時的情景。他們也是在暑假戀愛的，當時夏玉坤還什麼都不懂，在學院文學社搞創作活動，每個學員必須交一篇稿子，李小蘭是文學社的社長，逼著他交稿子，夏玉坤喜歡她的口才，李小蘭愛上他的文采，至今他都記得那篇散文的題目叫《蜜月》，發表在院報顯眼的位置，大意是寫一對初戀情人的故事。大學畢業後，有文采的夏玉坤被分配到一所學校任教，而李小蘭卻進了行政機關，從一名普通職員升為領導幹部，成為機關裡的女強人。她把事業看的比什麼都重要，簡直成了一個工作狂。從內心來說她是不想出來旅行的，但為了擺脫痛苦，才去請了一個長假。

　　正因為兩個人都是抱著分手的心態去旅遊，所以總是朝好的方面想，一路上總是勾起他們的回憶。他們當年在那棵古樹下歇過腳……他們沿著初戀時走過的路，尋找著過去的物證和足跡。有一條小河，渡口邊還有一個掌渡的，那是他們第一次同船渡江，不知道那艘小木船現在還在不在。那時很年輕，只想著好玩，沒有想到生活這麼艱難，社會這麼複雜，問題這麼多。

　　前面是一座大山，下面是萬丈絕壁，只有一條條彎彎曲曲的小路，很少有人走這條羊腸小道。天快黑了，還未走到一半，離婚是李小蘭先提出來的，雖然她心裡很後悔，但是眼下卻不好改變主意，只有翻過這座大山以後，等到明天太陽出來的時候再說了。

　　夏玉坤畢竟是男子漢，力氣還是比李小蘭大一些，一路扶著她前行。李小蘭顯然不該穿那雙高跟鞋，還不到兩里路，腳就起泡了。夏玉坤說：「要不我們改個日期？」李小蘭說：「不用了，還是往前走吧。」她索性就把高跟鞋脫了拿在手上，腳上負擔輕了，但手上負擔又重了，夏玉坤說：「你把背上的包給我。」、「沒問題。」李小蘭咬著牙往前走，突然她「啊」了一聲，差點把夏玉坤撞倒了，原來是一條烏梢蛇，夏玉坤不慌不忙提起蛇的尾巴甩

了很遠很遠，李小蘭這才慢慢放鬆下來，夏玉坤問：「咱們還是繼續往前走嗎？」李小蘭表示默認。

　　他們慢慢前行，突然烏天黑地，狂風暴雨，迫使他們躲在一個岩石下面，山上沒有吃的，礦泉水也喝光了，包裡只有一個麵包。夏玉坤就把僅有的一個麵包給了李小蘭，而李小蘭又把麵包還給夏玉坤，最後兩人你一口我一口，你看看我，我看看你，突然兩個人都笑了，笑得那麼開心。這時候，夏玉坤丟掉了手裡的麵包，緊緊地抱著李小蘭，許多埋在心裡的話像洪水般衝下山來……穿好衣服時，地上還有沒吃完的麵包。

　　轉眼已是 8 月 23 日，各校的學生已開始報到了，夏玉坤早早起來準備到民政局去辦理離婚手續，可是待他走進妻子的房間時，李小蘭早就不見了，回到餐廳發現餐桌上的牛奶杯下有一張紙條：親愛的，我們的障礙排除了，再過幾天我會告訴你一個好消息的。

王大爺的犁頭

　　說起犁頭，現在的年輕人不一定知道，這是一種農用翻土的犁頭，是由犁舌、犁套、犁面、犁嘴構成，其特徵是犁面向上凸起呈圓弧形，犁嘴焊接在犁面上，犁嘴、犁面均採用碳鋼製成，其優點是犁頭強度高，鑽土能力強，翻泥好。別看一個小小的犁頭，它包含著中國農村的巨大變化。

　　今天我就說說王大爺的犁頭吧。

　　王大爺是土生土長的渝北人，斗大的字認不得幾個，就連他自己的名字還是在全國掃盲運動中學到的。但是他做的犁頭輕巧、省力、耐用，牛不費勁，人不覺累，只用手把著犁頭跟著牛走就行了，一塊田不到半個小時就耕好了，地裡的泥坯像翻書似的，彷彿畫家在作畫，構成了一道美麗的風景線。

　　為啥他做的犁頭省力？從物理學的角度說，應該是懂得力學，計算出犁頭的彎度需要多大，直徑是多少，長、寬、高和各個部位的精確度。王大爺一字不識，沒讀過書，也沒學過物理，但是他能把犁頭做得那麼好，沒有無數次的實驗和摸索那是不行的，這就體現了一個農民的智慧。

　　但是王大爺並沒想到他的犁頭會閒置。

　　從前沒有拖拉機耕地，也沒有搞開發，家家戶戶都要犁頭耕田，王大爺的手藝自然吃香，一年四季有人請他做犁頭，這也成了他一家人的衣食飯碗。

　　別看他只有做犁頭的手藝，還結識了很多朋友，解決了很多困難。從前拉壯丁，保長派王大爺去，走到半路人家一見是王大爺，就質問保長：「喂，保長！你把王大爺拉走了，村裡找誰來做犁頭喲？村裡那麼多人，為何要王大爺去呢？」保長覺得有道理，就把王大爺放了，另外找了一名去頂替。王大爺娘看到兒子回來了，喜出望外，問是咋回來的，王大爺說是犁頭救了他，娘立即把犁頭放在香火處（過去家裡專門敬神的地方），趕緊磕了幾個響頭，從此以後凡是逢年過節，都要跪在地上向犁頭磕幾個響頭。

　　一九五七年，村裡動員王大爺加入合作社，他再三不同意。有社員說：「如果王大爺不入社，我們的犁頭爛了誰來做？莊稼誰來搞？」村長知道王大爺

很固執，捨不得犁頭入社，就給他一點自主權，土地入社，他的犁頭可以不入社，想咋個就咋個。別的村犁頭爛了找到農業社，村長說：「我們只管得到他的地，管不住他的犁頭，有事你去找他本人，只要他同意我們就放人。」王大爺心裡要的就是這句話。後來，人家找王大爺做犁頭，他就說：「你去找村長，我是合作社的人，村裡派我去才去。」村長瞇瞇笑：「這樣就對了。」以後村裡和鄰村發生糾葛和難辦的事，村長就把犁頭的事抬出來做交易。

有一年村裡開現場會議，試行拖拉機耕田，村裡男男女女、老老少少站在田坎上看稀奇，只有王大爺沒有去，他不相信拖拉機比他的犁頭好，老婆看了後心服口服，叫王大爺快去看看。王大爺走了一圈說：「我以為真的了不起，那麼大一個鐵牛，誰買得起？四個輪子那麼寬，田坎那麼窄，山裡人怎能派上用場？能和我的犁頭相比麼？」有個年輕人說：「王大爺你沒出過門，現在科學發達，過去柴油機四個人抬著走，以後一個人扛回家。」、「你少瞎吹了，我不信。」

果然沒過多久，街上就有小型旋耕機賣了。

村裡開大會，家鄉搞開發，建工廠、修樓房、辦企業，發展經濟，動員搬遷，政府給補償，農民住新房，家家戶戶都簽字了，只有王大爺沒有簽。村長說：「老王，你還是舊腦筋，現在是什麼時代了，人家都搬走了，你還守著犁頭幹什麼？」王大爺坐在大門口抽悶煙，雖然不耕田了，人家不請他做犁頭，自己的犁頭也不能丟。大家都在清理自己的貴重物品，王大爺卻扛著他的犁頭滿街走，別人說王大爺有病，他瘋了。別人的話他像沒聽見，還是扛著他的犁頭穿街過巷。人家搬被單衣物上電梯，王大爺扛個犁頭差點撞到人了。有人說：「哎，老大爺你注意點，現在犁頭沒用了。」屋裡要安家具，他卻把犁頭放在客廳，兒子說：「你放在陽台上行不行？」兒子把犁頭放在陽台上，過往行人都要看一眼，覺得這家人怪怪的。

有一天來了個商人，要買王大爺的犁頭，王大爺不在家，婆娘聽說犁頭還值錢，嘴巴笑起了豌豆角：想不到這老頭子還有遠見！人家給個價便成交。王大爺過巷子，看到那人扛著他的犁頭驚問：「你把我的犁頭扛哪去？」商人以為錢少了又加了一百元。王大爺說：「再多的錢都不賣！那犁頭是我的。」

可能是因為喝了幾杯酒，他就講起了犁頭的來歷，圍觀的群眾覺得很有趣，聽的人越來越多，都把路堵了，派出所來人維持秩序，記者也來訪問，電視台還報導了這件事。

　　市文化局的領導看了電視新聞，立即責成文化館組織調查，非物質文化辦公室主任親自出馬，民俗博物館館長立即行動，都動員王大爺把犁頭捐給博物館，王大爺最後終於同意了。

生產隊長老潘

　　長期和基層幹部打交道，給我印象最深的是生產隊長老潘。

　　滿臉大鬍子，愛穿一件綠色的軍裝，哪怕夏天也是如此。據說他抗美援朝上過戰場，立過三等功。退伍那年，把他安置到煤礦坐辦公室，心頭不是個滋味，打起背包回老家，婆娘兒女團團圓圓。村黨支部書記見了老潘，喜出望外，正好差一個生產隊長。現在孫娃子都參軍了，老潘還在當隊長。

　　生產隊長不算官兒，但也管幾百號人。集體生產時權力也真不小，管扣工錢、扣糧，外出當工人、參軍政審都要經過隊長蓋章。大家吃好吃孬靠隊長，收入分配高低也在於隊長，那時的隊長就像一個大家庭的家長。

　　上頭千條「線」，下頭一顆「針」，許多工作任務都要靠隊長貫徹落實。以前隊長有權，社員好管，肚兒餓飯。現在各家各戶生產，飽了肚子有了錢，虧了隊長沒有權，工作也難辦。這是得罪人又拿錢不多的事兒。不說別的，單說計劃生育就夠麻煩。超生不超生，關鍵在於村。老潘上台就與王老五交上了火。王老五頭胎是個女兒，婆娘又懷上了二胎，要落實人工流產手術，男人不在家，婆娘找藉口說娃兒沒人帶。老潘說：「把孩子給我，快到鄉上衛生院打針。」誰知王老五婆娘沒直接到衛生院，去了她男人那，故意挨到天黑才回家。老潘搖擺腦殼，老子上了這婆娘的當。

　　那年推廣雜交水稻，鄉里搭起薄帳大棚，架起煤灶，實行科學育秧，把雜交水稻撒在竹編席上，六七天就長得青青的，一顆顆往田裡播，說叫科學育秧，畝產一千多斤。

　　那時說起水稻畝產一千斤誰相信。過去畝產八百斤就是過了農業綱，達到長江以南的水稻產量，那時到處都是標語口號，如果「過農綱」，就要「坐飛機」、「坐火箭」到北京見毛主席。當時的水稻最高畝產才六百斤。農民由於吃過「瞎指揮」的苦頭，受過缺糧餓肚子的煎熬，都半信半疑。

　　老潘想，反正秧苗不要錢，弄就弄點吧。

遲到的春天：周作汝短篇小說集

　　別人不願幹的事，老潘一手包攬，自作聰明的人嘻嘻笑，都說秋收了有一場好「戲」看，讓老潘帶著幾百號人喝西北風去。潘二叔是長輩，用葉子煙桿指著罵：「你龜兒子要長腦殼，田誤一季，人誤一春，咋能把稻種當兒戲，你在哪裡見過這種做法，盤古開天地沒聽說苗要用火烤。」退下來的隊長煽風點火：「老潘啊，生產工作我也搞了些年，不能上面咋說咋辦。」

　　老潘不會花言巧語，只好把書記給他說的話抬出來：「鬧啥，減產我負責⋯⋯」

　　秋收了，果然雜交水稻大豐收。之前有人說老潘傻，現在老潘傻出了名，鄉里大會小會表揚，上級凡是推廣新生事物，都叫老潘帶頭示範。

　　例如那年剛剛推廣瘦肉型長白豬，縣裡分給鄉里一個任務，書記又想到老潘，誰知老潘弄回去就遭婆娘吵了：「這是啥良種豬，蒿桿嘴，狗肚皮，餵三年零六個月麻雀都能叼走，你餵我可不餵⋯⋯」婆娘曉得老潘的個性，不敢明頂，採取暗抗，悄悄把豬送到支部書記那兒，支部書記婆娘想，老潘不幹的事兒沒好處，叫村主任背去。主任婆娘又不是吃草的，心想支部書記該帶頭，咋往我身上推？然後又把豬兒送到村文書那兒。村文書想了想：你們在上面接受光榮任務得表揚，現在弄來給我添麻煩，我才不幹！最後，老潘硬叫婆娘去把良種長白豬弄回來了。

　　快過年了，書記下鄉檢查工作，順便想看看老潘飼養的瘦肉型長白豬，跨進圈門，長白豬見了生人，一蹦跳出屋來，像頭小牛，足有三百多斤，差點把書記擠到糞坑裡。書記說：「當初誰也不願接受這個任務，文書說這是老潘的財。」

　　老潘口快心直沒別的心眼。那年缺個武裝部長，推薦兩個名額從中選一個，本來書記早就心中有數。誰知，小李多了個心眼，先把上頭擱平，然後把老潘和書記請在一塊兒喝酒，三杯下肚，老潘臉紅心跳，小李說：「這事就請潘哥讓我先，將來我不會忘恩負義⋯⋯」、「行，我老潘原來在煤礦當辦公室主任都不幹，何況現在⋯⋯」書記看了一眼老潘，不知是同情還是關心，「既然潘哥願意讓，我也終生難忘，今後常到我那兒喝酒⋯⋯」、「好！」老潘又是一飲而盡。

書記翻來覆去睡不著,心裡想:老潘啊,你咋那麼傻?現已表了態,我有啥辦法?給他搞固定補貼嗎?第二天書記把老潘叫到辦公室,語重心長地說:「老潘,有些話我不好直接給你說,你明天寫個困難申請來。」、「書記,你這是什麼意思,我啥時說過困難?」

不說還好,這一說反而把老潘弄懵了。因為有些家庭情況特殊的要下台的基層幹部,會用這種方法來解決。老潘想:我哪些地方做錯了,這麼多年,真沒意思!一股火往上衝:「書記,我不幹了!」說完,頭也不回,昂首挺胸奔出辦公室。

「老潘!……老潘!」

書記望著老潘的背影,綠色的軍裝在陽光下顯得嚴肅可敬。

朦朧的夜晚

　　夏夜，月亮像艘船兒掛在空中，星星眨著眼睛。一陣涼風吹來，池塘邊柳樹發出沙沙的響聲。

　　春蘭和秋菊經不住山灣堰的誘惑，她們收了稻草悄悄來到這裡，脫下上衣和外褲，慢慢梭下水去。

　　春蘭是姐姐，秋菊是妹妹，一個二十歲，一個十八歲，她們從來沒下堰洗過澡，那裡似乎是男人的天地。

　　每年到了夏天，那些男人們赤身裸體在山灣堰裡嬉戲遊玩，打水仗，游來游去，像一條條魚似的，有時也靜靜地睡在水面上。

　　媳婦們假裝洗衣服，有時偷偷瞟一眼。姑娘們怕羞，連洗衣服也不敢去，有時躲在山上偷看。

　　春蘭和秋菊在家洗澡時，只用一個木盆盛著水，這就是山裡女人的湖泊。而今晚不再是一個木盆的湖泊了。可惜她們不會游泳，只好在淺處玩。她們像兩條鯉魚似的，在水面蕩起漣漪。

　　「姐姐，好涼快啊！」

　　「今晚這山灣堰總算是我們的天地了！」

　　……

　　突然，「咚」的一聲響，是魚還是鬼？嚇得秋菊哇哇直叫，還是春蘭膽子大，問：「是誰？」

　　「嘿嘿，是我！」原來是水生上完麥草來洗澡。聽是水生，春蘭又氣又恨，偏偏在這時會碰到他。

　　水生是村裡的單身漢，愛喝酒，只要有酒喝，幹活也不收工錢，因此村裡人喜歡請他幹活。有次水生在春蘭家幹活，春蘭上廁所解手，剛解下褲子便被水生冒冒失失闖著了，春蘭順手一耳光：「流氓！」水生挨了打也不還手，還賠禮道歉：「對不住！對不住！我吃醉了！」

春蘭想到這裡便討厭地罵道：「快給我滾開！」

「嘿嘿！我從來沒見過姑娘家洗澡……」

「不准亂說！」

水生憨笑著往這邊走來：「不要害怕，我來教你們游泳！」

秋菊慌忙一退，「啊」的一聲跌進了水深處。平靜的水面突然捲起了漩渦。

「秋妹！……」春蘭再也喊不出來了，彷彿晴天霹雷，天昏地暗……

一陣涼風吹來，春蘭好像如夢方醒，喘著粗氣急促地說：「啊！快救秋妹！」水生說：「魚都摸得起來，人還摸不起來麼？」

說完水面捲起一個漩渦，他一頭栽進了水裡。春蘭的心也隨著這漩渦激盪。這時她感到有些後悔，當初不該打水生，幸好水生不記仇，他是個好人……

水生是打魚捉黃鱔的好手，水裡能蹲十幾分鐘或半個小時，今天不知是怎麼回事，春蘭等了許久都不見動靜，一種可怕的念頭使她驚恐萬分。她瘋了似的逃離了山灣堰。

水生的本事果然名不虛傳，終於將秋菊拖出了水面。上岸後，舉目張望，春蘭呢？莫非她報信去了？他拉了拉秋菊：「秋妹！快起來！」秋妹沒有回答，直挺挺地睡在柳樹下，不知是長眠還是羞澀。平時傻乎乎的水生哭起來了。

「春蘭！……秋菊！……」隱隱約約從山谷裡響起她們爹的喊聲，聲音悲慘淒涼，由遠而近。

當人們來到山灣堰時，個個目瞪口呆，她們爹把心中的怒火集中在巴掌上狠狠朝水生打去：「你這個畜生！」水生來不及迴避，只覺得頭嗡嗡響，久久說不出話來。

秋菊是怎樣死的？村裡有人罵水生是畜生，不該做出這種缺德事，罪該千刀萬剮。水生成了強姦犯，一時轟動全村，開始誰也不肯信，但在死屍面前還有啥說的？她爹報告了派出所，經過法醫鑑定後，秋菊不是被強姦。那她為什麼會死？強姦未遂？那春蘭呢？水生走後，滿村風雨，議論紛紜。有人說他被捕了，被判無期徒刑，也有人說要填命，非槍斃不可。這些傳言流到了在外躲藏的春蘭耳朵裡，春蘭偷偷地大哭了一場。秋菊是自己帶去洗的澡，她的死該怪自己。她望著這朦朧的夜色，茫茫然……她想死，但是死了更遭人嘲笑，怎能對得起救命恩人呢？豈不是讓水生背著強姦犯的罪名走向深淵嗎？她終於鼓足了勇氣，走進了鄉政府大門。

水生回來了，他低著頭，沉默寡言，失去了憨笑，失去了光彩，好像成了啞巴似的。平時嘿嘿憨笑的水生思想也突然變複雜了：今後還有人喊我水生哥麼？那些寡婦還敢請我幹活嗎？彷彿一張張笑臉都變得憤怒了似的。他望了一眼山灣堰，悄悄來到秋菊的墳前默默地悼念。

「秋妹，我對不住你，他們說我強姦了你，我實在受不了，乾脆我娶了你吧！」

一個男子漢深更半夜在墳前大哭起來，哭聲那麼真誠，那麼淒涼……這時，一個熟悉的聲音響起：「水生哥。」水生爬起來就跑，消失在夜霧中。

「水生哥……」一個熟悉的聲音在山谷中迴蕩。

特斯蘭

那一年冬天，外面下著小雪，半夜裡河世途起來上衛生間，突然聽到門外有「嘩嘩嘩」的聲音，透過門縫往外瞧，我的媽呀！是誰披頭散髮站在階檐口，是鬼還是人？他立即關上大門，看看手錶已經子夜一點。

大碼頭河邊靜悄悄的，只是偶爾一股風吹得木門「嘩嘩嘩」響，嚇得河世途半身冷汗，今晚真的遇到鬼了？透過門縫再往外看，那人像是沒有走，因為沒有開門走近細看，所以河世途沒有看清臉，只是敢肯定是個女人。「你是哪一個？」河世途大著膽子問，門外的女人沒有回答。「半夜三更你在這兒幹什麼？」門外的女人還是沒有回答。「有什麼想不通的，天亮了再說好不好？」門外女人還是沒有開腔。

這些年來河世途幾乎每年都要見到一些不愉快的事，不是女人想不通跳江，就是男人半夜不歸，有時還有人喝醉了打架鬥毆的、唱歌的。但是從來沒遇上一個素不相識的女人站在自己門外。因為他在電視上看到過女人詐騙的案例，親眼見過男人上當，心想：今晚要保持清醒的頭腦，不讓不該發生的事落在自己頭上，如果女人不走，萬一有個男人跑來找我算帳，自己跳進黃河也洗不清了。這時他一點睡意也沒有了，乾脆起來做早飯，天亮以後好早點去撿垃圾。

飯做好了，河世途想起門外還有一個女人，打開門勸她回去：「有什麼想不開的事去找居委會，千萬別站在我這屋下。」門外女人還是沒有回答，只是抬起頭來望了他一眼，這時他才看見那個女人的臉，並不難看。河世途剛吃了一口飯，又想起門外那個女人，又不好叫她進來，乾脆舀了碗稀飯遞給她，這次女人雖然沒有回答，但是毫不客氣地幾口就把一碗稀飯吃完了。「好！你回去吧！有什麼事想開些，活著總比死了強，你看我撿垃圾照樣活得好好的。」說完，背起背簍撿垃圾去了。

天快黑了，河世途回家時，門外女人還沒走。他心想：這可不好了，到底發生了什麼事，自己也不明白，別的地方不去，偏偏要找到這兒來。

「我河世途只是個撿垃圾的哈,你不要給我找麻煩喲,我一點別的想法也沒有啊!」這事他擺給別人聽,有的說送來的鴨子該「殺」,將就成一家人算了,河世途哪裡敢,決定到派出所報案。民警是個老同志,這些事兒已屢見不鮮,問河世途什麼時候發現的,他說好幾天了。

「好幾天了,你為啥今天才來報告?坦白從寬,抗拒從嚴,你要老老實實交代。」

真後悔來報案!把自己一天的活兒都耽誤了,還被問來問去,走不出派出所的大門。

「你好好想想,是什麼時候在你屋簷下的?」

「我也不清楚!」

「不清楚?你胡說!」老民警在詢問河世途。

另一個女民警問門外的女人:「你叫什麼名字?」

「特斯蘭。」因為有點口齒不清,女民警就把特斯蘭寫成了鐵絲爛了。女民警打了所有派出所的電話都查不到鐵絲爛。女民警又問:「你真叫鐵絲爛嗎?」這時她點點頭,兩行淚水往下流。「你說說是不是河世途欺負你了?」

她搖搖頭。

「你說說是誰欺負了你?」

「進不到屋沒飯吃。」

女民警突然想起應該把居委會的幹部叫來核實一下。核實後才知道,原來她不叫鐵絲爛,叫特斯蘭,是收養她的人給她取的名字,說她命賤,像鐵絲爛(一種生命力極強的野草),易生易長。因為沒讀書不識字,又不開腔,介紹對象她也不去,給她找的活兒也不會做,待在家裡吃閒飯,養父很生氣,常常罵她像頭豬,比狗都不如,狗吃了飯看家,她在家吃了飯不做事,三天兩頭地吵她。她有時忘了帶鑰匙進不到屋,所以就發生了這一幕。

河世途好心到派出所報案，反而被折騰了一天，直到那女人回到家以後，他才離開派出所，邊走邊後悔當初不該給她一碗稀飯吃。不過事情總算了結了，慶幸自己沒有攤上這一場禍事，打了二兩白酒喝，打算安安心心睡個覺，明日早點起床撿垃圾。

　　誰知半夜裡突然門打得響，河世途透過門縫看：「我的姑奶奶你怎麼又來了？我沒有對不住你的地方哈。」門外女人沒有說話，也沒有走。

　　因為有了上一次的經驗，這一次，河世途沒有去派出所，而是直接去找居委會，接待他的是個女孩，對他很和氣：「這有什麼大不了的，反正你又沒結婚，她來你就接待唄……」

　　「不不不，我只是一個撿垃圾的。」河世途連連拒絕。

　　女孩笑笑說：「結婚自願嘛，只要你們雙方願意有啥不可以嘛！」

　　「不行不行，我只是個撿垃圾的。」

　　「你要有信心嘛，你沒聽說有的撿垃圾的有門路買寶馬嗎？」

　　「不，我只是個撿垃圾的。」

　　「河世途，你是不是不同意？不同意我就給派出所打電話……」

　　「好，好，好，我同意。」河世途聽到派出所就連連點頭。

　　「現在不是過去了，你們是這座城市的環衛工、保潔員、建設者，城市離不開你們，也需要你們……」居委會女同志忍不住笑道。

　　河世途抬起頭來說：「這個禍事我可擔當不起，希望你們把她勸回去。」說完他就朝大碼頭河邊走了。

　　天上下著小雪，路上的行人穿著大衣，有的只露出兩隻眼睛，各自匆匆忙忙往家趕。今天雖然有些冷，但他的心裡還有些暖和，居委會那女同志的話彷彿還在耳邊響起：「你們是這座城市的環衛工、保潔員、建設者，城市離不開你們……」他彷彿看到了希望，在路邊小飯店叫了二兩老白乾和一盤花生米，邊吃邊想：老子是環衛工、建設者。

河世途喝了二兩白酒心裡暖融融的。「喂，你怎麼還不回家去？」誰知那女人還在屋簷下呆呆地站著。她望了一眼河世途，沒有回話。這時他又想起居委會女孩的話「這有什麼大不了的，反正你又沒結婚……」

快到十二點了，外面還下著零星小雪，門外女人還沒走，河世途也睡不著，憑著二兩酒性壯著膽子說：「你進來吧。」

門打開了，女人像進了自己的家，哪兒暖和就往哪兒鑽，河世途穿著褲衩就往外跑，正好又碰見老民警。

這一次老民警和上次不一樣，一上車老民警就把大衣給他披上，沒到半小時就讓他回去了。

河世途回到家時，那女人卻不見了。

燕兒何處去

一陣涼風吹來，霧慢慢散去，一輪紅日從東方升起，朝霞輝映農家院壩。

李老久正在吃早飯，桌上是剛從罈子裡撈出來的酸蘿蔔，是婆娘在家時做的。要是婆娘在身邊，哪裡還需自己動手，炒雞蛋或花生米什麼的早已備好，就連洗臉水、洗臉帕都會端到手上。

昨天，他突然收到一封信，說婆娘要回來，他接到信後夜裡一直沒睡覺。

自從他打發了婆娘以後，再沒人伺候他了，恐怕再也難找到那樣溫順漂亮的婆娘了，他現在才意識到自己的嚴重錯誤。平時他沒有覺得那是婆娘對他的溫情，覺得那是女人應做的事情，應盡的義務，一旦失去了她，才知道婆娘的珍貴和後悔。這時，從來不流淚的男子漢大丈夫也流淚了，兩行熱淚滴在飯裡，就像永遠難買的後悔藥吞進了肚裡。

一只燕兒飛進屋來，像是故意蔑視他、諷刺他、譏笑他，喳喳叫個不停，正好屙一顆屎落在酸菜碗裡，好在沒有拉在頭上，據說鳥兒拉屎在頭上不死也要落一層皮。他討厭牠，順手撈起一根竹竿，燕兒揚長而去。

人在倒楣的時候，鳥兒都欺負。從前的李老久，誰不知他的風光得意。自從包產到戶那年起，他的手藝就吃香起來，哪家修房造屋不請他安石頭，畫線把墨？他走到哪裡都有徒子徒孫前呼後擁，幹活是徒弟的，結帳是他的。哪一回進茶館餐館他開了錢？每次輸了錢回家來，婆娘問他錢呢？他說：「還沒結帳。」婆娘信以為真，家裡孩子上學、稱鹽打油都靠她養雞養鴨、餵豬養蠶賣的錢。

李老久喜歡喝酒，如果有一天沒有酒喝，他就不高興，但是喝酒常醉，醉了要發脾氣、罵人、打人。徒弟也拿他沒辦法，不請他喝酒他不高興，喝了酒又要罵人。

婆娘知道他的脾氣，什麼事都順著他。他每次回來都酩酊大醉，嘴裡喘著粗氣，酒氣噴在婆娘的臉上。他不刮鬍子，也不洗澡，像老虎見了小綿羊，想一口把她吞掉，婆娘害怕不敢反抗，讓他任意擺布。

許多事她一直埋在心裡，從沒有向別人傾訴過。那時她還不懂事，李老久給她家修房子，一眼看見她就動心了，他不要工錢，她爹滿心歡喜，後來李老久託人說親，她娘說：「滿誠實的，有手藝還愁沒飯吃？」他們的婚事就這樣成了。每到小春搶收、大春搶栽的雙搶時節，他把徒子徒孫喊來，活一天就幹完了，自然也討得她父母歡心。

現在生米已煮成熟飯，孩子都有了，還有啥辦法，嫁雞隨雞吧，也許是命。

一天，孩子突然發高燒住院，她去找李老久拿錢，沒找到人，突然碰見黃石匠的婆娘給她指了個方向。

敲開門，她驚呆了，一個塗脂抹粉的小姐趴在丈夫的背上，桌上擺著許多錢，他們正在打麻將。

「誰叫你來的？」李老久一臉怒氣，眼睛盯著麻將問。

「孩子發高燒……」婆娘還沒說完就被李老久打斷了：「去！去！去！」他順手從桌上拿了一張百元大鈔。

婆娘流著淚，感到有些頭昏，急急忙忙往醫院走。

深夜兩點，天突然下起暴雨，李老久喊開門，聲音是那麼兇狠。進門後，兩隻眼睛閃著寒光像要把她吃掉似的，兩耳光重重打在她的臉上：「你個臭婊子，想不到你來這一套，害得老子贏來的幾千塊全部被沒收……」

婆娘想說什麼還來不及，又被他重重打了一耳光，血從嘴裡往外流。但他還在不停地罵：「誰叫你通知派出所，你害得老子好慘……你給我滾，滾遠些，讓我不再看見你……」

她搖搖晃晃地在衣櫃裡找了幾件舊衣服，裝進箱子裡，頭也不回往外走……

他掐指算了一下，婆娘整整出走十年了，這十年他又當爹又當媽，除了種田，還要做家務、管孩子，現在他才感覺到沒有婆娘的痛苦，要是她回來了，他一定好好照顧她。

苗子

　　政府辦公室門口圍了許多農民，不僅有村民代表，而且有生產隊長。帶頭的是周彎村團支部書記周小蘭，像是有預謀、有計劃、有組織而來的。他們把兩捆枇杷樹苗擱在辦公室門口，好像來者不善，善者不來，故意鬧事似的。

　　先從兩捆枇杷樹苗說起。

　　我們這裡是市級貧困鄉，好不容易爭取了一個扶貧項目，縣裡從國外引進五萬株良種枇杷樹苗，說這種枇杷三年即可正式掛果，而且果大肉厚，香甜可口，深受人們的青睞，是產量高、見效快的新品種，最適宜在西南地區生長。既然是扶貧項目，當然是國家無償投資，據說每株樹苗僅運費就要攤一元錢。

　　因此，縣裡很重視，要求必須統一規劃，連片成型，以點帶面。鄉黨委專門召開會議，團隊成員充分發表意見。按照上級的精神，結合本鄉實際，落實到位。全鄉有兩個果園已初具規模。

　　一個是周彎村團支部書記周小蘭的。周小蘭從小就有一股犟勁，二十六歲的大姑娘了，還沒嫁人，決心不搞出點名堂不結婚，一直是全鄉的女中豪傑，縣裡的先進典型，出席過市代表會。她的果園只有五十多畝地，大多是紅橘、廣柑之類，近年紅橘、廣柑打爛仗，她又轉而發展柚子。

　　一個是李家村的李春生的。李春生是第一個從農業技校畢業的優秀生被分配到國營罐頭廠的，這在當時是許多同學十分羨慕的。隨著市場經濟的發展，在物質條件日益豐富的情況下，誰還想著吃罐頭？後來國有企業改制，李春生離職回鄉，租了一百五十畝地發展經濟林，種的大多是矮株蜜梨，時間短、見效快。

　　這兩個有志青年不僅是我們鄉的先進典範，也是全縣的兩面旗幟。從鄉政府的角度來說，他們都應當得到支持和幫助，但把這批枇杷樹苗給誰一時還不好確定。鄉領導透過實地考察，最後統一了思想，認為李春生有技術，

果園規模成型，且最大的優勢是果園順著公路，大家來來往往都能看見，如果以他的果園為基礎發展農業、調整糧食經濟結構的典型，是一個看得見、摸得著的民心工程。

但是哪知道他們是一對冤家。據說他們曾經是同學，談過戀愛。李春生畢業以後留在城裡，愛上了城裡的姑娘，這對周小蘭來說是一個嚴重的打擊，特別是年輕人在這個問題上是容易記恨在心的。

今天她沒有微笑，少許頭髮還沾在額頭上，喘著粗氣，像蠻不講理的農家婦女，不是和風細語向我們反映情況，而是像質問我們：「國家的樹苗，他們弄去賣現錢，你們知道嗎？」

「每年國家給那麼多扶貧款哪去了？」一個農民幫腔。

「為啥樹苗給李家村不給周彎村？」說這話的是社長。既然社長出面，說明背後還有村主任、村黨支部書記。

這李春生呀李春生，為何給我們添這麼多麻煩？

「春生你過來！」

春生卻滿有理由地說：「這樹苗是國家給我的，剩下一千株，打算去幫助我家一個窮親戚脫貧致富，他們攔路搶劫……既然國家給我的目的是為了讓廣大群眾脫貧致富，至於我先幫誰，後幫助誰，那是我的自由，不管國家無償給我樹苗或現金，我都有支配的權利，你們攔路搶我的樹苗，我也等待政府處理。」

我覺得他說得有道理，一時還沒有足夠的理由去批評他。而且現在不是批評他的問題，而是要給個說法。

「小蘭，你到我辦公室來。這不就是一千株枇杷樹苗的問題嘛，你何必小題大做？」

小蘭說：「這不僅僅是一千株枇杷樹苗的問題，而是你們的安排不合理，把國家的扶貧資金做人情、做交易，這是黨幹部的工作作風問題，至少說明

調查不夠深入，對情況不夠瞭解，或者說有錢權交易，拿國家的扶貧項目去達到自己的目的……」

「夠了夠了……」

這兩個年輕人各有各的看法，各有各的理由，互不相讓，周彎村和李家村的幹部都存在地方保護主義，都為自己村的人說話，兩方的人還在不斷增援和擴大。從表面看有發生一場人民內部戰爭之勢，挑起戰爭的根源是兩捆枇杷樹苗，有不明真相的群眾推波助瀾，也有個別人別有用心煽動鬧事，不少同志為之擔心，不要因苗子而出幾條人命。有人建議立即通知派出所，也有人說這樣不妥，會引起群眾不滿，激化矛盾，鬧起事端。有人建議像高級泥水匠一樣把雙方糊平，政府另外拿出一筆資金。也有人說這事千萬要冷靜，不能讓他們鬧下去，必須堅持黨委集體意見。

上級指示，一定要妥善處理，既要保護兩面「紅旗」，又要維護社會穩定。領導也極為重視，一再叮囑，方法要得當，工作要做細。

顯然擔子在我肩上，解決糾紛要調查原因，就像醫生看病一樣，只有找準病因才能對症下藥，不然醫病不倒，反而煩惱。

我把兩名青年叫到另一個辦公室，「今天領導去縣裡開會，你們就不必找了，我代表政府向你們道歉，在落實項目的時候考慮不全面，顧此失彼，工作沒做細，請你們諒解！」

接下來我要發發脾氣，有意識地批評李春生：「我們為了爭取這個扶貧項目多麼不容易啊！這枇杷樹苗是坐飛機、趕汽車從國外引進的，國家扶貧的目的是全鄉人民脫貧致富。」

批評李春生，實際上是保護他，緩解周小蘭對他的矛盾，批評他時他很不高興，但是沒有跳起來和我對著幹。

女人的心雖然硬如鐵，但也軟如水。

從他們的面部表情看得出他們心裡有些放鬆。

遲到的春天：周作汝短篇小說集

「你們兩位青年都是有識之士，調整糧食經濟結構的典型，青年人的榜樣，建設農村的旗幟，何必因兩梱枇杷樹苗爭論不休呢？我認為，任何事物都是不斷變化的，今後也可能還會有新項目。即使國家有個項目給你，如果你沒有技術，不懂管理，也是不能脫貧致富的。」

這些話我是對周小蘭說的，她想和我說什麼，但又把話吞了回去。

「據說你們是老同學，曾經談過戀愛……」

這句話彷彿把他們帶入了初戀的年代，手挽著手朝著陽光走去，在樹林裡嬉戲奔跑，在月光下依偎擁抱，他們懷著遠大的理想，憧憬著美好的未來。

李春生抬起頭正好和周小蘭目光相對，雖然只有幾秒鐘，但我看得出他們之間還深深地埋藏著一線愛的希望。

「人的一生幾十年的光景，幾十年河東，幾十年河西，社會的變化決定人的命運，人的命運隨著社會的變化，也許你這樣，也許你那樣，一個人在未發揮他的能力之前，未必瞭解自己有多大的能力，一旦發揮了，他的光和熱又成了另一個人，古今中外有成就的人哪一個不是這樣？」

他們沒有了爭吵，儼然像剛剛戀愛的情人，各自低著頭，也許找到了感覺。

我說：「只有經過寒冬的人，才懂得珍惜春天的溫暖，春生，小蘭，我建議你們共同珍惜這美好的春天……」

他們異口同聲說：「謝謝。」

大家都散了，兩捆枇杷樹苗還擱在辦公室門口，像兩個年輕人經過一了場風雨之後，緊緊地擁抱在一起。

我望著兩個年輕人的背影高呼：「苗子！」

大白羊

　　丈夫在床上呻吟，喊腰桿痛。婆娘罵女兒沒把大白羊管好，白白幫人家幹了活沒收錢，開頭沒開好，今後咋辦？

　　大白羊是縣扶貧辦汪主任從國外引進的良種大白羊，重五十二公斤，比當地的山羊高出一倍，主要是養來配種的，發展山羊脫貧致富。

　　縣委要求每個領導幹部要為貧困戶做件實事，什麼實事比較恰當？汪主任曾經扶持過好幾家貧困戶，先是送溫暖，但所有的衣服送完了，還是沒解決問題，後來獻愛心送現金，年年拿出三五百元還是不行。縣長帶著批評的口氣說：「老汪，你是扶貧辦主任，首先要思路清晰，選準典型，做出表率，能否搞一個比較符合山區實際的、能帶動千家萬戶及時富起來的新項目？」

　　近日來，汪主任悶悶不樂，焦頭爛額，吃不下飯，睡不好覺，在辦公室裡來回踱步。

　　突然有一天，有人請吃羊肉湯鍋，這打開了汪主任的思路，草食家畜，營養豐富，皮毛值錢，成本較低。只是本地羊發展緩慢，效率不高。閒談中聽一朋友介紹說國外有一種大白羊，體重超過五十公斤，而且產仔多，抗病力強。朋友說得有頭有尾，汪主任聽得心花怒放，彷彿從迷霧中找到了一條出路。在市場經濟發展的今天，最重要的是資訊，誰先抓住資訊，誰就先抓住機遇，要確保成功，得保守秘密。汪主任滿面紅光舉起杯說：「朋友！就這樣定了，幫我弄一只良種大白羊，與本地羊雜交，既是科技創新，而且還能培育出新品種，假如成功的話，不僅能獲得科技成果獎，還能讓貧困戶脫貧致富。」

　　這的確是個立竿見影、一舉多得、長期致富的新項目。不過一定要把扶貧對象找好，透過權衡利弊，汪主任覺得還是讓老戰友老陳飼養比較合適。

　　自從辦了發展良種大白羊現場會議以後，村主任、社長都有意見，向鄉里反映，認為汪主任沒有徵求下面的意見，還有人說汪主任以職務之便照顧老戰友。

遲到的春天：周作汝短篇小說集

汪主任臨走的那天把大白羊摸了又摸，他對戰友婆娘說：「我是看在戰友的分上，希望你們一定要飼養好，配種時一定要登記收費……」

全家人感激老汪的關照，對良種大白羊精心飼養。

星期天，戰友的女兒上坡放羊看書。沒注意到大白羊和社長家的羊幹上了。她叫社長兒子拿錢來，社長兒子眨著小眼睛頂嘴說：「是你的羊自己來的。」女兒哭兮兮回家來。

婆娘去找村長解決，說社長的兒子不講理，他家羊幹了事不給錢。

「啥事不給錢？」村長問。

婆娘傷心地哭了：「咱丈夫是個長病，孩子上學要讀書，全靠大白羊掙錢……」

村長坐在木椅子上抽他的煙，喝他的茶，沒當回事兒。

「這事你就別說了，全村比你困難的還有好幾戶，全鄉就一只大白羊，又不是來觀賞的，是幫助大家脫貧致富的……」

「但是咱也不能白養，總要費人工、飼料，餵隻雞也要能下幾個蛋嘛。」

「我看你就是鼠目寸光，出口就是錢，你本來和社長有些矛盾，發揚點風格也有好處，何必把錢看得那麼重？」

婆娘覺得村長說得有道理。

婆娘總結經驗教訓，加強對大白羊的管理，整天檢查，寧可割草餵羊也不讓大白羊去山坡吃草，牠像失去了自由的人，拚命尋找機會，見了母羊就不顧一切衝過去……有時把繩子掙斷了往外跑。

一天，汪主任正在擬關於大力發展大白羊的立項報告，他在報告中說：根據本縣實際，大力發展草食家畜，引進國外良種大白羊與本地羊雜交。大白羊有抗病力強、適宜性廣的特點，而且該項目是扶貧新項目。

老戰友的婆娘和丈夫商量，這樣養下去划不來，乾脆把大白羊賣了，錢放在荷包裡穩當。

羊販子轉手賣到酒樓老闆那裡被大做廣告,吹噓從外國弄來一只大白羊,肉嫩味香,羊肝、羊腎又如何……誇羊全身是寶,除了糞便以外全部都能吃。

汪主任聽說後,來到酒樓看廣告裡的大白羊,他摸了摸大白羊,和自己引進的那只大白羊一模一樣。尋問何地購來,老闆有聲有色地講述了經過,而且是高價購買。

說話間,大白羊「嘿嘿嘿」怪叫,拚命蹦跳,老闆指著兩個睾丸說:「這東西我給你留著……」

汪主任掏出五百塊擺在桌上,牽著大白羊朝外走。

老闆想奪回羊,又怕得罪汪主任,看著桌上的錢,倒賺了兩百塊,覺得不吃虧,就沒有虛張聲勢。酒樓裡,客人都在品嚐「大白羊」,都說大白羊肉香味美。

自從大白羊與社長家羊子交配後,羊子一天天不吃草,死了。社長找老陳賠羊。

老陳婆娘說:「你的羊死了關我啥事?」

「你家的羊沒管好,把我家的羊整死了。」

「羊與羊的關係就像狗與狗之間,咱們管得著麼?」

社長不服輸,請獸防站鑑定。新來的獸醫是個女大學生,而且專門搞檢疫的,聽說大白羊是從國外引進的,她懷疑是否真的有病毒感染,決定親自走一趟。

老陳全家人聽了女大學生的解釋,嚇了一身冷汗,如果真的沒經過檢疫,從國外帶進病來,如何了得。老陳把大白羊的來龍去脈,和怎樣賣給羊販子的經過說了一遍,女大學生以高度的責任感,立即趕往縣城,大白羊的羊肉湯鍋圖片都還高高地掛在酒樓上。她立即報告主管領導,領導指示一定要保密,先查清楚了再說。但有些東西越保密越傳得快,生產隊長婆娘到處宣傳,老陳婆娘早已告訴了汪主任。

消息在悄悄擴散，那天去吃了大白羊的，個個憂心忡忡，後悔不及，說大白羊是從國外引進的，有種隱形病毒會傳染，生產隊長家的羊死了，狗死了，豬死了，雞鴨全死了，人也沒有精神。凡是聽到消息的人都要打電話問一問自己的親戚朋友去吃沒有。這幾天酒樓生意蕭條，老闆總說沒有宰殺大白羊，但是誰也不相信。

汪主任暗中好笑。

縣畜牧局組織專案組，對良種大白羊進行專案調查，順藤摸瓜最終找到汪主任，他怕承擔責任，一口咬定說老闆把大白羊殺了。

防疫部門透過對老闆剩餘的羊肉進行檢查，沒發現病毒。吃過「大白羊」的人終於從「死亡」線上獲得了「新生」。

風波剛剛平息，就有人說某鎮攔住一只大白羊，很可能就是那只大白羊。

藍色的天空

　　父親得了急性闌尾炎，需要動手術。誰知主治醫生是個三十來歲的年輕人，是咱村何老大的兒子，真是冤家遇對頭。

　　那時父親是村支部書記，何老大是「五類分子」（地、富、反、壞、右），每次村社開會，都要把何老大作為反面典型來教育大多數。比如，何老大編斗笠（農民用竹子編的雨具）趕市集，就說何老大是走資本主義道路，何老大做煙葉悄悄賣，就說他賣了國家三類物資，搞轉手倒賣……總之全村人都知道何老大是最壞的「五類分子」。

　　記得那年秋天，稻穀剛剛豐收，國家下達一批災荒糧，只有何老大沒有，正好農業社挖了種苕地，由於沒挖乾淨，何老大尋找到小半簍番薯。有了番薯就能填飽肚子，他喜出望外，如獲至寶，樂哈哈回家。誰知被治保主任發現了，並彙報給了當時是支部書記的父親，父親根據彙報的情況結合上級精神，以階級鬥爭為綱，立即召開社員大會，批判何老大侵占集體利益，罰他在酷熱的太陽下整整站了兩個多小時。

　　下午打鑼上工時，何老大沒有來，家裡人說病了。有人說他裝病，有位青年民兵又把何老大弄來鬥，晚上又開了社員大會。

　　第二天上工時，又沒見何老大，家裡人也不知道他去了哪裡。村裡派了幾個民兵到處尋找，從東河口到西河邊都沒有人。山上有個割草的嚇了一跳，發現油桐樹上吊死了個人，正是何老大。

　　人沒死，都說何老大裝病，人死了，責任就往父親身上推，父親為個支部書記當然被撤了。現在是何老大的兒子掌手術刀。過去有句俗話說：「孩子報仇眼前，君子報仇十年。」據以往慣例，動手術之前，通常家屬要簽字，死了醫院是不負責任的。有仇不報，不孝之子。

　　電影、電視劇裡不也有復仇的故事嗎？既然如此，那就只好到市裡、省裡，但離市人民醫院兩百公里，離省人民醫院三百公里，又不熟悉，還要排隊、掛號，經費開支那就不知多少了。

父親在痛苦中呻吟，我在醫院門口徘徊。

　　現在我又埋怨起父親來，誰叫你去當村黨支部書記？為什麼不多個心眼？我只希望何老大的兒子把過去的事忘記，最好忘得一乾二淨，但是這是不可能的。

　　過去有句俗話：「善有善報，惡有惡報，不是不報，時候未到。」再說父親已年高歲大。又想轉來，父親也做過那些不該做的事，人家要報仇，也是天意，只好如此了。簽字以後，父親被推進了手術室，我的心在劇烈地跳動，也許父親就要死在手術台上了，也或許活不了幾天了。

　　想著想著，父親手術做完了。何老大的兒子戴著眼鏡甩過一句話：「我認識，咱們村的老支書……」

　　不說這句話還好，說了反而給我增加了思想負擔，說明他不僅認識父親，而且對他有深刻的印象，過去鬥他父親的事一定沒有忘記，他會不會把何老大的死記在他的手術刀上？父親知道是何老大的兒子動的手術後，堅決要求出院，他說：「我一定不能死在何老大兒子的眼前。你遵孝道的話，就把我抬回去……」

　　轉眼一個月過去了，父親的傷口痊癒。

　　那天早晨，他正在竹林裡散步，突然聽到喜鵲喳喳叫，他立即叫住我說：「最近可能要來客，也許你妹妹星期天要來看我。」

　　一輛白色的轎車來到村口，從車上下來的正是何老大的兒子，他帶著儀器和一大包糧果來看望我父親，檢查後興奮地說：「行！行！沒問題了。」

　　父親激動得說不出話來，我彷彿覺得寒冬已經過去，紅紅的太陽照在久雨不晴的山莊，彷彿看到了從沒發現的一片藍色的天空。

都是我的錯

　　涪江河畔的春天，太陽笑嘻嘻地從涪江的盡頭慢慢露出面來，霞光映照在江面上，江面被染成了金黃色，透過水的反射，形成一大亮點，波光粼粼，美麗極了。

　　春天，本來正是好睡的時候，農夫卻早已起床，扛著鋤頭下地去了，就像城裡人上班，輕輕翻開了新的一頁。享受大自然的恩賜——春天的早晨。但是懶人是不會享受到這美好的時刻的。

　　老二起來時，太陽差不多快當頂了，他揉揉眼睛，想抽煙，抓了幾個空煙盒扔在地上又撿起來搜索了一遍，終於發現有一個煙盒裡還有一支壓斷了的香煙，打火機又不知哪兒去了，也許是昨天晚上打牌沒有拿走，也許是人家借了打火機沒還。因為喝了酒，又玩了一個通宵，煙燒完了，打火機也不知丟到哪兒去了。

　　他像往常那樣往廚房裡走，以為老婆和侄兒下地幹活去了，早飯留在鍋裡，揭開鍋蓋卻發現一無所有。

　　老二有點生氣，大罵了一通後又倒下床睡了一覺，也許是餓了的原因他才醒來，又到廚房洗臉找吃的，還是沒有找到。看看錶已經是下午三點，因為是一塊爛錶，時針比實際時間慢一個小時，也就是說已是下午四點了，廚房還沒有炊煙，一頭三十多斤的小豬不斷發出吼叫，不斷探出頭來張望，幾隻小雞圍在他腳邊轉。

　　他像往常那樣，動不動就喊他的侄兒拿煙，沏茶，找打火機，就連解手也喊侄兒拿紙去。侄兒好叫、好使，像奴隸似的。因侄兒父親死了，母親改嫁，無依無靠，所以對他服服帖帖的，叫幹啥幹啥。老二圖啥？包產到戶正缺勞動力，當個小牛使用。地不用牛，用鋤頭挖，不養牛，不割草，不花本錢，騰出時間玩牌，站起和他一樣高的漢子難道不值一頭牛麼？一家一戶生產勞力打緊，人家都說老二雇了一個不要錢的長工，羨慕呢！

侄兒不在身邊，像缺了什麼一樣不舒服，餓了想起老婆還沒做飯。難道今個活兒太多，忙不過來？他很少下地幹活，只是秋收時節到田邊去轉一轉，看看那金黃色的稻穀，今年能收多少斤，賣多少錢。今天得到地裡去看看，實際上是叫老婆回家來做飯，他餓了。

地裡並沒有人，秧田的薄帳也被風吹開了，他趕快下田把秧田蓋好，番薯也沒有翻，玉米苗也沒有育。今年比往年落後了，是咋回事他心裡還不明白，大聲叫侄兒的小名狗娃子！聲音在涪江河畔迴響，但並沒有回音，開始他以為狗娃子跑了，老婆應該在。他又喊老婆：「金花呀！快回來煮飯，我餓了……」還是沒有回音。

一聲汽笛，一艘機動船靠岸了，老二跑到河邊去看，一個一個都下船了，就是沒有金花和狗娃子的影子。

「看見狗娃子和我老婆沒有？」有人說看見了，早班船走的，進城去了……

進城去幹什麼？前幾天老婆說過要去縣醫院檢查，檢查什麼，老婆沒有告訴他。

開始他以為老婆和侄兒坐最晚一班船回來，至少說天黑之前會到家，可是太陽從涪江盡頭慢慢沉下去了，他們還是沒有回來。小豬叫得人心煩，他吼了幾聲沒起一點作用，好像是牠要為饑餓而鬥爭到底，反而叫得更猛，並敲打著圈門，向主人示威，提出抗議。老二又找根竹子打了幾下，還是制止不了小豬的猛烈反抗。他趕快煮了一鍋豬食，在鍋裡丟了幾個番薯，一鍋熟，既節省了柴，又填飽了肚子。

有人約他打牌，他哪有心情，鴨兒棚也需要人守，窮也有點器具，一幢草房也少不了幾大挑東西，少不了人，離開了人就等於孤廟一座。實際上它跟孤廟差不多，單家獨戶，一個人守著房子，沒有人和他吵架，沒有人和他說話，就像一個孤和尚獨守空廟。有人說寡酒難喝，寡婦難當，現在他才真正感到寂寞和孤獨，希望老婆早點回來。

一天又一天過去了，一月又一月過去了，他才如夢初醒，恍然大悟，老婆和侄兒是不是私奔了？開始他一直不相信，後來真的成了事實，而且是一個說不出口的醜聞，天大的笑話，老婆把侄兒帶到了很遠很遠的地方。據說他們還有了孩子，一年後的春天，他意外地收到一封老婆的來信。

老二的手有些抖，淚水打濕了信箋。

不是她的錯，都是我的錯。要是自己不打牌，就能天天和她在一起，不需要請人幫工；要是不打牌，不懶，就不會長期把侄兒留在身邊；要是有錢多做一鋪床，也不會和侄兒在一張床上睡覺；要是侄兒不來，老婆就不會走……如果不是自己當初錯誤決定把侄兒留在身邊，也不會發生這一切。

既然自己錯了，為什麼不可以改錯，也許向老婆承認錯誤，她會回來。可是仔細看信封上的地址，只是×省×縣，並沒有詳細地址。是不是回雲南去了？娘家說沒有回家。到派出所報案，派出所的人說：「你既沒扯結婚證，又沒辦遷移，哪去查？」他找鄉政府，民政人員說：「你那是非法結婚，不受法律保護，不屬於我們解決的範圍。」

老二跑來跑去，一無所獲，太陽慢慢沉下涪江的盡頭，他才有氣無力回到家，小豬見他回來了拚命吼叫，他找根竹子敲了幾下，都是我的錯……

遲到的春天：周作汝短篇小說集

涪江河畔的春天

　　在渝西的東南面有一個偏遠的縣城，位於涪江河畔，上至四川遂寧，下至重慶合川，源遠流長，以前這條涪江成為沿江兩岸人們的主要交通線路，數以萬計的木船從上至下，從下至上，往返頻繁，穿江而過，每到太陽落山的時候，船停靠在各個碼頭，涪江文化也就開始形成，自然也有許多傳說和故事。

　　順江而下有一個古老的小鎮，雖然不大，但是鄉政府、電信所、生豬屠宰場、郵政所、糧站、供銷社、中小學、幼兒園、醫院應有盡有，麻雀不大五臟俱全。攤攤挨著攤攤，店店挨著店店，穿的、吃的、用的，應有盡有。抬頭張望，只見人頭攢動，水洩不通，真是熱鬧非凡。順著石板街向前走一百米便有一個小小的裁縫鋪，生意特別紅火。主人姓汪，都叫他汪師傅，門面不大，最多不過十幾個平方米，雖然不大，但畢竟是自己的門面，祖傳三代，就是靠這小小的裁縫鋪維持生計，街道居委會成立合作店時，汪師傅打死也不願參加集體組織。一直搞他的個體戶，以手工縫紉為主，直到一九七八年後，實在忙不過來了，才勉強買了一台上海產的蜜蜂牌縫紉機，而且買這台縫紉機也是汪師傅的兒子提出來的，開始他一直不同意，說手工縫紉是工藝，不需本錢，兒子說時代不同了，一天一個樣，你看街上趕市集的人穿的衣服，還有好多是手工縫紉的，人家服裝廠是人手一台機器，還供不應求。

　　汪師傅雖然固執守舊，但是他一直沒有丟掉他的手藝，土地改革時，鄉政府叫他到武裝部押送犯人，決定把他留到區公所，他怎麼也不幹，動員他到街道工業集體合作社當領導，他說：「我何必去得罪街坊四鄰，自找苦吃。」兒子初中未結業，汪師傅就叫當助手，他說：「讀啥子書喲，讀書還不是為了找份工作，有了手藝還愁沒飯吃？」一個眉清目秀的小青年繼承了父親的事業，可兒子雖然遺傳了父輩的基因，但是思想沒有那麼守舊、頑固，打破了老傳統，將手工縫紉與新式服裝相結合，當時叫中西並用，果然小小裁縫

鋪生意興隆。參師學藝的青年男女絡繹不絕，汪師傅都拒之門外，但兒子卻來者不拒，熱情接待，認真幫忙，畫樣上機。

有一天汪師傅的兒子遇到一件麻煩事，一個老太婆拿著一條剛取走的華達呢材質褲子找他，不是說腰小了，就是說褲長了，釦眼歪了，硬要他賠一條華達呢褲子，在當時一條華達呢褲子價值七八十塊，比現在的八百塊還值錢。

那天又是趕市集的日子，看熱鬧的人越來越多，把小小裁縫鋪圍得水洩不通，越是人多，越對兒子不利，同行生忌妒，有的搧陰風點鬼火，鼓動老太婆要汪師傅的兒子賠，有的說年輕人技術不過關，不要接那麼貴的料，有的說損壞東西要賠，也有的抱不平，說老太婆蠻不講理，總之各種各樣的說法都有。

這時人群中擠進一個姑娘，粗眉大眼，身高體胖，紅紅的臉和胸膛，出口不凡。一根長長的、黑黑的、粗粗的辮兒朝後一甩，開口就問老太婆在哪個百貨公司買的華達呢，老太婆背個背簍，一時答不上來，姑娘又問買了多少米，老太婆說成尺數，問她錢從哪兒來的，姑娘說：「我想一般農民是捨不得的，你不可能賣了番薯、蘿蔔買華達呢吧？」圍觀的群眾咧嘴笑，老太婆挾著褲子擠出了人群。

「喂！我還想問一問，你那條華達呢哪來的呢？」

汪師傅服了，想不到一個賠本生意，姑娘幾句話就擺平了，而且沒動一刀一槍，幾句話說得那老太婆啞口無言，灰溜溜地逃了，只要有了這姑娘誰也不敢欺負他，汪師傅對姑娘說：「你要是看得起這手藝，教你不收分文。」姑娘正是因這事而來。

姑娘姓李，外號「李辣妹」，從小個性潑辣，高中剛讀完一年級娘就不讓她上學了，因為她常常為女同學幫忙，打得男同學鼻青臉腫，常常惹些麻煩，娘不放心，人大了學習也不集中。因為她父親在青海工作，正準備讓她接班。

遲到的春天：周作汝短篇小說集

可是李辣妹來到汪師傅的裁縫鋪後就愛上了他的兒子，李辣妹圖他的兒子是城鎮人口，又有手藝，鋪面是自己的，一輩子不愁沒口飯吃，不說別樣，街上走路都比山裡好。

一天晚上，電影院放新片《甜蜜的事業》，李辣妹悄悄地買了兩張電影票，正好又是左邊最後一排的邊上，開始汪師傅的兒子無論如何也不去，左說右說才答應一個先去一個後去，免得被街坊鄰居看見。還是李辣妹主動，她早早來到電影院，有好幾個青年想坐在李辣妹旁邊的空位上，都被李辣妹趕走了，差不多演了半捲兒，汪師傅的兒子才慢慢進來，像陌生人似的坐下來，也不打個招呼，就全神貫注地看電影。李辣妹根本沒心思看電影，一會兒把頭偏過去，汪師傅的兒子讓一讓，一會兒把手放在汪師傅的兒子的大腿上，他又輕輕挪開……電影快結束了，李辣妹去攬他的肩膀，他閃了閃掙開了手，兩個人一直保持著距離回到家。各自回到房間，李辣妹悄悄流淚，汪師傅的兒子也翻來覆去睡不著。

且說汪師傅也怪，自從收了李辣妹這個徒弟以後，後面一個徒弟也沒收，就連舅子的女兒想來都沒答應，小小裁縫鋪就只有他和兒子、李辣妹三個人，有人猜測，李辣妹一定是兒媳婦了。就連那些來打衣服、取衣服的老太婆也有事無事地問汪師傅的兒子：「你老婆呢？」李辣妹手藝學到家了，能裁剪畫樣上機了，可以獨立門戶了，但沒有主動提出謝師，汪師傅和兒子也沒叫她走，像一家人似的一鍋吃飯。

李辣妹想留下來，永遠不想走了，但是汪師傅的兒子一直躲著她，迴避她，從來不提男女之事，她什麼辦法都想了，該暗示的也暗示了，但汪師傅的兒子就是無動於衷。不過當著汪師傅的面，李辣妹也不好直接說她要嫁給他的兒子，做他的兒媳婦，那樣顯得太輕率。汪師傅的兒子是怎麼想的，她也摸不透，汪師傅在兒子身邊不知提了多少次了，兒子就是說還早，條件還不成熟。什麼條件不成熟，兒大女成人，年齡都大了。汪師傅舅子娶兒媳婦，汪師傅一走就是好幾天，他想放鬆一下，好好玩幾天。

吃了晚飯，李辣妹沒有約汪師傅的兒子去看電影，各自回到自己的房間，屋裡靜悄悄的。

睡到下半夜，李辣妹喊肚子痛，呻吟聲越來越大，汪師傅的兒子問上醫院不，李辣妹說：「快幫我端碗水，我有藥。」把開水端去時，李辣妹拉住了汪師傅兒子的手，輕輕地抽泣。不過這一次他沒有推開她的手，而是揩乾了她的淚，緊緊把她抱著……李辣妹問：「你願意嗎？」他說：「願意！我只怕留不住你。」、「為啥？」、「你爸不是要你接班嗎？」李辣妹說接班咱們還是相愛……

　　後來李辣妹和汪師傅的兒子結婚了，但是沒有大操大辦，到民政局婚姻登記所扯了結婚證那天，只請街坊鄰居吃了一頓便飯。

　　小小裁縫鋪紅紅火火地過了些日子，隨著社會經濟的發展，市場競爭的激烈，大批機器生產服裝行業的衝擊，生意一天不如一天，收入一年比一年減少，正當服裝行業不景氣的時候，李辣妹的父親在一家國營單位退休了，好不容易弄了一個名額，叫李辣妹到青海上班，不僅轉戶口，而且能成為一名國企正式職員，工資、福利、待遇都不錯。好是好，只是路隔幾千公里。要麼就不去，守著這個窮地方，要麼就離開家，一年回一次家。她找汪師傅的兒子商量，徵求他的意見，他想了想，覺得這是千載難逢的機遇，過了此村無好店，同意她去。

　　離別的那天晚上，李辣妹小倆口傷傷心心哭了一場。

　　李辣妹開始寫信，一年回來一次，她把所有平時省吃儉用的錢全部奉獻給火車、飛機了。而每次回來都要暈一次車，幾天都難恢復，每次回來，都要流一場淚痛哭告別。後來兩年回來一次，信也寫得少了，只是間隔幾個月來一次電話。李辣妹工作的廠是一家大型肉類加工廠，職工上萬人，而大多是男職工，女職工成為男職工你追我奪的目標、談論的主題。像李辣妹這樣漂亮的女人怎能不受歡迎？

　　一天，她正在加工廠上夜班，辦公室黃主任叫她去一下，李辣妹又驚又怕，凡是被通知到辦公室談話，不是被提拔換工種就是犯了什麼錯誤，扣獎金什麼的。

黃主任是個山東大漢，當兵轉業安置來的。因在愛情上受了挫折，三十七歲還沒娶老婆。他對這位幾年都少有回家的南方女人深感同情，透過檔案瞭解了她的婆家背景和婚姻狀況，所以對她的實際困難非常瞭解。找她談話的目的一方面是表示同情，恰好有個後勤人員退休了，需要填補一位職工，準備給她換個工種，調到辦公室做一名後勤人員，送送報紙，發發文件，一方面是因為從李辣妹報到那天起，黃主任就喜歡上了她，但一直不好開口。

　　黃主任找杯子給李辣妹倒水，她眼望著這位山東大漢，反而還覺得有些害臊，回答黃主任的話都是吞吞吐吐的，再也沒有以前那股潑辣勁兒了。

　　「你願意到辦公室嗎？」黃主任望著她，她的手在弄自己的辮子，她剛才把工作帽放下來，因為工作期間是不允許脫帽子的。

　　「願意……」李辣妹沒有抬起頭來回答，而是低著頭弄辮子。

　　從那以後，李辣妹再也沒到工作室工作了，隨時都在黃主任的身邊，掃地擦桌子，收文件送資料。雖然她是結過婚的人，但看上去像沒有結婚的人一樣，不管她走到哪裡，總會有許多雙不自覺的眼睛望著她。就連黃主任也精神多了，有時找她說幾句笑話，擺幾句龍門陣，時間長了，彼此之間話也多了，李辣妹把所有不該告訴別人的話都說了。男人一旦掌握了女人的情況，摸透了女人的心思，就很容易攻破女人的防線，無論多麼牢固的牆，都有可能被沖垮。

　　那是一個大雪紛飛的夜晚，黃主任請李辣妹吃飯，而且是在一家高級酒店，裡面還設有休息間、衛生間之類的，吃飽了，喝醉了，還可在床上睡一覺，洗個澡，就像家裡一樣，不過費用至少得上千，基本上一個月的工資就沒了。李辣妹有生以來第一次享受這種高級待遇，彷彿迎來春天的冬天，窗外的雪開始融化，她講起了自己的婚姻，丈夫是個裁縫，人挺不錯，遺憾的是她沒有盡到做女人的職責，當媳婦的孝道，而且一年的工資基本上都花在路費上了，長此下去也不是個辦法，他們的實際困難如何解決？她醉眼矇矓，兩眼淚汪汪。黃主任也被她感動得熱淚盈眶，藉著酒勁把她摟進懷裡，然後又將她抱進休息間，他們像兩條小河匯合在一塊，洶湧澎湃，他們像決堤的堰無法堵住激流，他們像下灘的船勢不可當……

李辣妹決定從實際出發，離現實生活近一點，沒有幸福的婚姻是痛苦和悲哀的，無論怎麼唱高調，說空話是安慰不了女人迫切的需要的。

李辣妹這次回老街已是五年後了。以前李辣妹回家來，總是迫不及待地洗澡上床，汪師傅的兒子也是按捺不住早早熄燈。這次回來，李辣妹邀汪師傅的兒子到河邊散步、談心，回憶他們初戀的日子，偷偷在河邊洗澡，打水仗，你追我趕，在甘蔗林躲貓貓，在油菜花地裡做愛，油菜花沾在頭髮上……

真要說分手的時候，的確很難開口，不過對汪師傅的兒子來說，這是他早預料到的事。作為年輕人，兩地分居，相隔千里，的確有許多不便，加之工作環境的變化，條件的反差，的確是個問題。李辣妹好幾次想說又沒說，兩個人繼續朝前走，誰也沒有開口說離婚，只是腳下踩著的鵝卵石發出「篤篤」的聲音，像一首悲情的歌。

第二天，太陽像個圓圓的球慢慢從涪江盡頭冉冉升起，沿江兩岸的油菜花開得正濃，燕兒從頭頂上飛過，路邊的黃荊也開始綠了，農民開始育秧備耕。有句俗話叫：「男人莫被女人哄，黃荊葉葉苞谷種。」意思是說春天已經到來，農夫忙育秧下種，一年之計在於春，一日之計在於晨。鄉里人起得特別早，賣菜的早已上街來了，食店的包子饅頭早已蒸熟了，小販端著包子饅頭滿街吼：「包子饅頭，油條豆漿。」還有賣豆腐的，挑著白嫩嫩的豆腐滿街轉，屠場的人起來得更早，早上四點多就開始殺豬了，擺在案上的肉還在跳……勤勞樸實的鄉民早已打破了寧靜的早晨。

李辣妹昨天夜裡沒有睡好覺，彷彿流了不少淚，左右為難，穿好衣服洗了臉，對著鏡子瞧了瞧，覺得自己老了許多，要麼辭掉工作，要麼離婚。

汪師傅的兒子心事重重，起來得早，到市場上去買雞鴨魚肉，辦了兩桌酒席，把街坊鄰居、三親六戚邀請來，讓大家喝一杯薄酒。夫妻一場，好聚好散，證明他們是自願相愛，又自願分離，不是因夫妻打架感情不和，而是為了雙方的前途和事業。大家剛開始大吃一驚，覺得不可思議，但從長遠利益和雙方的實際想，確實只能那樣做。電視台記者都趕來現場採訪。

遲到的春天：周作汝短篇小說集

　　幾天後，李辣妹和汪師傅的兒子來到民政局婚姻登記所，準備辦離婚手續時，突然接到電話，說組織看到電視台報導的李辣妹後，決定將她調回當地國營食品廠⋯⋯

小巷深處

連日來學習時間都很緊，唯有晚上才有時間看看都市、逛逛大街。

夏末的夜晚，人們穿著五顏六色的夏裝，順著柏楊樹下的人行道來來往往，彷彿兩匹綵帶左右迂迴，在霓虹燈的照耀下顯得更加漂亮，給都市增添了一道美麗的風景線。

我順著二環路往北走，漫無目的地前進，對路邊的楊樹和行人感到陌生，孤獨無趣，多麼希望能夠遇見一位朋友，打打招呼說幾句話。

拐彎處，在一棵大柏楊樹下站著一個三十多歲的少婦，向我走過來說：「大哥玩玩？」一口不標準的普通話。

「就我一個人，走吧，包你滿意。」我盯了她一眼，走得更慢了，她馬上就跟過來了。

好吧！盛情難卻，反正很孤單，多一個人擺擺龍門陣，做個社會調查何嘗不可？我跟著她一直往前走，行人越來越少，燈光越來越暗，這時我才大膽地抬起頭望著她的背影，頭髮散著，至少有一米七，略微有點胖，但是線條還不錯，身著一套黑色的紗裙，因皮膚很白，給人質感和反差，顯得漂亮。

她住在小巷深處，一間不足十平方米的小屋。打開門一股霉氣往外撲，地下很潮濕，像是工廠的臨時工棚。屋裡除了有一張床、一口皮箱和一個氣化爐以外，啥也沒有。

一進屋她就關上門，然後從床下取盆子倒開水，下一步可能就是脫褲子洗身子上床了。我擺擺手說：

「別急，咱們先談談好嗎？」

「有什麼好談的？這就和你到市場上買牲口似的，選中了……」

燈熄了，她撲過來哀求說：「大哥，我三天沒接客了，現在還沒吃午飯呢。」現在已是晚上九點，真被她的話感動了。

「這樣吧，我請你吃飯。」

她把頭髮往上理，露出了雪白無光的臉望著我說：「吃完飯還來嗎？」

「吃了再說吧。」

她跟在我的後面，而且靠得很近，不像開始的時候，我與她總是保持著一定的距離。哪像陌生人，像一對夫妻，一前一後。唯一的區別是，她不像妻子那樣勤儉，一點不體諒我的難處，也不講禮節和客氣，開口就喊服務員快點上菜，拿酒來。我哪裡是她的對手，兩杯酒下肚頭昏眼花。她一個勁兒地喝，雪白的臉上有了顏色，話也多了起來。

「初中畢業那年我才十六歲，爹想有一個兒子，娘生了五個都是女兒，每次搞計劃生育都以我家為反面典型，豬兒還沒餵肥就抵了罰款，哪還有錢唸書。爹說招郎上門，女婿也當兒，才有人頂莊稼。對門王二娃不錯，有力氣，有手藝。開始王二娃確實挺不錯，栽秧撻谷、抛糧播種確是一把好手，真像一頭忠於咱家的牛。爹以為人家傻，零花錢也不給，還叫人家不喝酒、不抽煙。王二娃一氣之下進城工作，進了城好的沒學到，喝酒、打牌、玩小姐學到了。我命苦，嫁給一個賭棍，好逸惡勞，又酗酒，還打人……」

「婚姻大事你為什麼不考慮清楚？」

「人從外表哪能看得出來，一見面就被他那一表人才迷住了……」

鄉裡有句俗語：「只要小夥長得標，哪怕天天吃番薯。」

「贏了錢大吃大喝，沒有錢啥都想得出來，先押房子，後輸老婆，跟他有啥意思，人到山窮水盡的地步，總不能餓死在屋頭……」

「這樣可不行啊！為啥不找份工作？」

「我沒有文化，不會電腦，誰會要我這個沒有文化的少婦……」

「聽口音你不像當地人？」因距離很近，才仔細看清她的臉。

「你也是外地人？」她抬起頭望著我，似曾相識。

「好像在哪兒見過？」我對她越來越懷疑。

女人沒有開腔了，遲疑地望著我，表示默認。

那時我參加工作不久，住在單位宿舍，前面是客廳，後面是寢室，寢室的陽台上可以做飯。作為單身男人來說確實夠了。一天我到食堂打飯，炊事員老張說：「喂，搭個鋪，我侄女馬上考高中了，沒有住處……」我隨口便答應了。誰知還沒來得及商量，她就背著棉絮來了，不是小妹兒，而是一個水靈靈的大姑娘，一根長長的辮子咬在嘴裡，事到如今我還有啥話說，只好把寢室讓給她住，我把床搬到了客廳。但是麻煩就來了，因為我必須透過寢室到後面的陽台做飯，如果她關上房門，我就進不去，而且她要進出必須經過客廳。我們在一個屋子進進出出，就像兩個陌生人，互不打招呼，她一進屋就把門關上，我要進屋去煮飯或刷牙都不方便，像設置了一道防線和障礙。

　　有一天回來時很晚，房門開著，我到後面去刷牙洗臉時才發現她睡在床上，薄薄的裙子一眼觀盡，本來不應該看的，還是不自覺地看了她一眼。

　　從此，她就不關門了，明目張膽地進進出出，有時穿件睡衣，要不就是穿條三角褲，也不害羞，像一家人一樣隨意。

　　不知啥原因，我一直關心她的成績，但又不好問本人，只好向老師打聽，我也希望她考上一所理想的中等專業學校，早點分配工作。

　　結果出人預料，離上線她還差八分，老師說從平時成績看，不至於吧，是不是統分統錯了，趕緊申請查分，要是真的統錯了，就好了。但結果是否定的。

　　後來我們就再也沒見過面了，就連她的棉絮，還是炊事員老張找人帶回去的，以後一直沒有她的消息。

　　她曾經是一朵含苞欲放的花朵，今日成為一個失足婦女，真是意想不到。我恨她的父母，不讓她繼續唸書，如果再複習一年，她一定能考上中專，一切就會發生變化。我恨她自己，沒有把握好自己的命運，對愛情的選擇不慎重，對生活不負責任。不，我也有責任，假如我有勇氣，她也不至於落到今天這個地步。

　　她還在繼續喝酒，像陷在深深的泥潭裡不可自拔。

　　「服務員拿酒來！」她已經醉了，哭得像個淚人兒。

「別喝了，酒會傷著身子。」

「我想起來了，如果沒記錯，你就是當年的周大哥吧……」

「你就是當年的楊小妹。」我肯定地說。

「服務員，拿酒來！為我們離別二十年乾杯！」

她搖晃著身子向我撲來：「走，陪我睡覺吧？」

她醉了，像一堆稀泥，不，像一只小羊。我輕輕地把她放在床上，關上門往回趕時已夜深人靜。

現在一切都已過去，但是我希望她能重新認識社會，認識人生，就像梅花經過寒冬以後，會迎來一個美好的春天。

第二天我從郵電局取了一筆款，晚飯後再到小巷深處找她時，已人去屋空。

把春天帶回家

　　年後，天一直下著小雨，春分都快到了，天還沒有晴，該下田平地育秧了。春花還穿著一身冬衣，孤零零地守在一幢空蕩蕩的大屋子裡。

　　自從丈夫去世以後，女兒就去了該她築窩的地方。每次女兒回家都要接她一起走，春花總是捨不得住慣了的南方水鄉。女兒每次都是高高興興回家而來，卻哭哭啼啼告別而去，兒大女成人，各自都有一個家，所以只有打個電話問寒問暖，逢年過節寄點兒錢，安慰一下母親。曾有人向春花提親，可總是東不成西不就，時間一長，反而一個人弄出病來了，三天兩頭往醫院跑。有人問醫生她的病好醫不，醫生說她的病難醫啊！

　　天終於放晴了，華鎣山朝廟會，村子裡男男女女高高興興上山看熱鬧。隔壁王二嫂問春花去不去。

　　「有啥看頭啊？」說起朝廟會她反而流淚了。那年春天發生車禍也是這個時候，丈夫就是其中的遇難者。

　　「謝謝，你們去嘛！」春花一邊照鏡子一邊擦眼淚，傷心的人照鏡子，越照越傷心。王二嫂、張大腳、大喇叭親自跑到家裡來找她談心，硬要勸春花去華鎣山朝廟會。大喇叭是村裡出了名的大喉嚨，口快心直，一說一笑：

　　「走，咱們去拜拜菩薩，今天保佑找個俊哥回家……」

　　「大喇叭你彆氣我好不！」這話還真把春花逗樂了，她輕輕抹去眼淚，臉上有了笑容。王二嫂眼睛一眨，張大腳力氣大，拖起春花就往外走，推推拉拉、半依半就出了門，嘻嘻哈哈上了山。

　　買土雞蛋，扯野菜，找魚腥草、魚鰍串，正準備滿載而歸，春花突然喊肚皮痛。大喇叭說：「頭痛有喜，肚皮痛沒有戲。」

　　「人家老公死了幾年了，哪有喜啊？」

　　「不是，可能是昨天晚上吃了火鍋，肚子痛。」

遲到的春天：周作汝短篇小說集

幾個女人又說又笑、嘻嘻哈哈坐在石頭上歇氣，前面突然來了一輛黑色轎車。張大腳立刻跑到路中間擋住：「大哥！請幫個忙。我們這兒有個人得了急病。」司機是個五十多歲的男人，禿頭，矮胖胖的，他說公務繁忙想溜走。王二嫂眼明手快，不管他同意不同意，拉開車門往裡鑽，禿頭雖然睜著牛眼睛，但又不好發作，苦笑著說：「慢慢來，別著急。」

「謝謝大哥！」春花忍不住笑，心裡暗暗佩服張大腳、王二嫂、大喇叭。

「大哥真是好人。」張大腳說。

「好人一生平安！」王二嫂附和，一唱一和。

「大哥在哪裡發財喲？」大喇叭問。

「在城裡開了一個中藥鋪。」禿頭大哥回答說。

原來禿頭姓王，前些年是復興那邊的鄉下赤腳醫生，半農半醫，改革開放以後才進的城，因子承父業，在城裡開了一個藥鋪，發了一點兒小財。

接下來王二嫂自然把春花的遭遇說了一遍。

「喲！春花遇貴人了！」大喇叭直言不諱。

「請大哥行行好，開個方子，要是能治好春花的病，你想咋個就咋個。」春花臉紅了，她捶著大喇叭的背，恰好把禿頭逗樂了。張大腳說：「大哥你看春花好漂亮喲！」

「行！行！我試試！」

王二嫂順水推舟：「現在有錢的人到鄉下投資，春花那麼大的房子沒有用，要是你看上春花的話，乾脆就成為好朋友吧！」

禿頭抓了抓腦殼：「行！行！」接下來又問起禿頭家裡幾口人呀，經打聽，禿頭的老婆剛剛才去世一個月，今天也是來朝廟會許願的。大喇叭說：「女兒都大了喲，要是你們在一起好幸福喲。」

春花的家隔大公路還有幾根田坎，下了車還要走一段路，禿頭掉頭準備回城，張大腳一把拉住他的衣服說：

「大哥你還沒寫處方呢。」

「來都來了還是嘗嘗春花的菜嘛!」

到了春花的家門口,王二嫂眼睛一眨,張大腳、大喇叭拔腿就跑。

從此以後,那輛黑色的小車經常停靠在春花家的門口。

遲到的春天

開春了，萬物復甦，路邊的野花開了，鳥兒邊飛邊唱，春嫂收拾收拾後踏著露水，朝那片松林走去。

春嫂命苦，四十歲死了男人，至今未嫁。一年四季，她常到那片松林去撈松葉、撿松菌。守山的殘廢軍人姓李，大家都叫他李老頭。

每次春嫂去那片松林，都要和李老頭打聲招呼：「吃了飯沒有？」

每次相見就是這句老話，除此之外，沒有多的語言，李老頭回答也很簡單：「吃了。」

即使沒有吃飯也說吃過了，而每次打招呼都相距很遠，只是相互望一眼便各自而去，許許多多想說的話都各自埋在心裡。

今天她想給李老頭擺幾句正兒八經的龍門陣，把多年沒對別人說的話都告訴他，讓他開心開心，彷彿林子裡撒滿陽光，照在她的臉上。

可是春嫂始終沒有看見李老頭的影子，一位年輕人問她：「你圍著林子轉想幹什麼？」

春嫂說：「撈柴。」「又不是冬天，你胡扯。」、「啊，說錯了，採菇。」、「採菇也還早呢，神經病！」

春嫂心慌說錯了。一般只有冬天撈松葉，哪有春天撿柴的，採菇也是五六月，哪有正月的松林長菌。死老頭今天哪去了？

「你還不回家幹什麼？」年輕人說。

「不幹什麼。」

「不幹什麼還圍著林子轉，我看你轉了幾遍了。」

春嫂剛要離開林子，又迂迴來：「小兄弟，李老頭還來不來？」

「他死了，永遠也來不了啦，昨天晚上就抬火葬場了。」

春嫂流著淚趕到火葬場時，李老頭已經被火化了，唯一剩下的是軍人勛章和她年輕時的黑白照片。

兒子不知娘心事

　　一輛銀灰色的小車緩緩停靠在院壩。從車上下來三個人，一眼可以看出是兒子、媳婦、母親。

　　他們是來放牛坪渡假的，決定多住幾日。

　　提起放牛坪母親就想起劉山歌，好像也是放牛坪的人，她高中的同班同學，頭髮朝後梳，臉上還有八字鬍，遇事不急，對人和氣。據說他們還有一段羅曼史。他讀書時經常從壩上過，母親的家就在壩上。她喜歡劉山歌吃苦耐勞、勤奮好學。她想嫁給他，常常往山上跑，她爹說：「你敢跑就打斷你的腿。」她娘說：「放牛坪窮。」並隨口朗誦了一段順口溜：「好個放牛坪，稀飯一大盆，上街二十里，爬坡累死人。」至今她都記得。母親掐指算了一下整整三十年了，如今放牛坪咋樣呢？那個頭髮朝後梳的劉山歌還好嗎？也許他已經有兒媳了吧？往日快樂話多的母親今天一路上沒有語言。

　　「媽媽暈車嗎？」媳婦問她。

　　「沒有。」母親搖搖頭。媳婦不知母親的心事。

　　年輕人有他們的二人世界，母親也有自己的生活。她一直想去放牛坪。也許這就是她最大的心願。她獨自一人想著自己的心事。沒事打量這幢三樓一底的小洋樓，一座能夠停靠幾十輛小車，和容納一百多人食宿的農家樂。她不斷發自內心地讚歎：「如今的放牛坪變了！大變了。昔日的荒山變成了幸福院、花果園。今日的放牛坪，有了觀光亭，修起柏油路，家家喜臨門。」

　　母親正看得出神，那個頭髮朝後梳的人突然出現在眼前：

　　「吃飯了！」

　　「你不是劉山歌嗎？」

　　「嗯……」他半天才回過神來。你望著我，我望著你，不知該說些啥。

　　「媽！吃飯了。」母親回過頭看見兒子站在背後，臉上紅彤彤的。

　　吃了午飯，兒子要退房，母親久久不願離去。

斧子

斧子是遠近聞名的木匠，據說他並沒有參過軍，唯一的特長是修豬圈，凡是他修的豬圈，養豬順暢，六畜興旺。

養豬是農民的骨幹副業，是糧食生產的主要自然肥料來源。過去媳婦上門，首先看你家養了幾頭豬，殺年豬看誰家的大，誰家的肥。如果養豬生病，餵豬不順，過年沒有年豬，別人會認為家窮。

生活緊張的年月，豬圈修好了時興掃圈，先要主人燒點開水，放點白糖給斧子，他必須一口就乾，然後收紅包，說好話：

「豬兒會吃肯長，包你六畜興旺。豬兒會吃會睡，包你年年富貴，主人家拿喜錢，包你殺豬過年……」

誰不想養豬發財？主人家喜笑顏開，哪有不拿的。

村裡偏有個何二嫂就不信他那一套，斧子幫她修豬圈，斧子說：「你要先有刀頭（敬神的肉），還要紅包。」

「老娘的紅包肯定有，就看你咋拿啊！」

斧子想：我修了幾十年豬圈，吃過千家飯，上過萬家門，何二嫂還能難住我不成？

豬圈修好了，斧子又是老一套，叫何二嫂燒點糖，開水用小碗端過來，誰知何二嫂用舀水的瓢端來，斧子急了：

「嫂子，我又不是豬，能喝下這瓢水麼？」

「不喝就莫想得紅包要工錢，要不你就出來讓老娘來掃圈，豬兒照樣肯吃會長，過年我殺年豬保證請你。」

過年了，何二嫂家的豬比誰家的都肥，吃刨湯那天，何二嫂一個勁兒地倒酒，斧子醉了，他說：

「豬圈只要空氣流通,清潔衛生搞好,加強預防就行了。科學配料,沒有豬不長的⋯⋯」

大家哈哈大笑。

腳印

　　立夏過了好幾天了，二爺家還沒開秧門，村長來到家裡，二爺不在家。據說二爺天不亮就下地裡幹活去了，屋裡剩下二娘在家做早飯。

　　村長帶來一個姑娘，短頭髮、大眼睛，皮膚很白，看上去最多二十歲。村長開口介紹說：

　　「這是剛分配到鄉里來的鄉幹部，叫春芳，是幫咱勞弱戶栽秧的。」

　　二娘急忙端凳子喊坐，叫二爺回家，家裡來客了。二爺丟下手頭活兒，就急匆匆趕回家來，一眼看見村長帶個大姑娘來，臉上笑起了豌豆角，正好兒子還沒對象。聽說是來幫忙栽秧的，心頭就有些不高興了，這細皮嫩肉的姑娘能幹啥？明明是村長給老子添麻煩。雖然二爺心裡不高興，但臉上卻堆滿笑說：

　　「姑娘第一次到我家來，村長也別走了，中午吃頓便飯，我上街去買點菜。」

　　二爺說走就走，村長哪裡勸得住。二爺這麼熱情，可把村長難住了，走也不是，不走也不是。春芳也急了，如果不幫農民做點什麼，心裡總覺得不踏實，坐在家裡不如找點事幹。二娘說：

　　「太陽大，天氣熱，屋裡坐坐，一會兒飯就好了，那點地也忙不了幾天。」

　　現在正是收麥栽秧時節，村長哪能坐在屋裡等飯吃，不如下田插秧去。

　　且說二爺上街去買菜打酒時，正好和乾親家相遇，有好幾個月沒坐茶館了。喊老闆來半斤炒花生、二兩老白乾就擺起龍門陣來了，說新編《三國演義》這部電影拍得好，每晚接連幾集看，吹曹操和劉備如何用人，越吹越有勁，幾杯酒下肚就把買菜打酒的事丟到九霄雲外去了。

　　村長和新來的鄉幹部春芳還在田裡栽秧子，兩個人在田裡只聽見嘩嘩的水聲，彷彿在作詩，又像在畫畫，一會兒就是綠油油的一片。春芳埋頭栽秧，村長愛伸懶腰，一會就把村長丟在後面了。村長不好意思，問春芳：

「啥時學會栽秧的？」春芳說：「小學六年級就會了，那時爸爸在外鄉工作，媽媽在農村種地。」

「你爸爸是誰？」「大家都叫他『老八路』。」

「啊！原來你就是老革命的後代。」

村長立即爬上田坎，請春芳到城裡去吃飯，春芳說：「不用了，我包裡還有牛奶和餅乾⋯⋯」

太陽偏西了，二爺才想起買菜打酒的事。等他回來時，田裡已插滿了秧子，就是不見村長和春芳的影子，唯有田坎上還留下他們的腳印。

老支書

　　我認識的村幹部不少，接觸的村黨支部書記也很多。但是給我印象最深的就是涪江大隊的黨支部書記張大全了。聽說他還健在，大概有八十多歲了吧！大家都叫他「老支書」。

　　老支書出生貧苦沒有唸過書，但是他開大會、做報告從不打稿子，會議精神傳達得清清楚楚，每次檢查工作，他都說得頭頭是道、條條有理，大家還以為他有文化。那時三天趕一次集，第一件事就是到郵政所去取報紙，進茶館後他仍然在看《人民日報》，不知道的人以為他真在學習，實際上他在聽人家擺龍門陣。這個說今天報紙上說了個啥，那個說李家被盜了，他都記在心。走累了，他把籮筐一擱，扁擔放在籮筐上歇歇氣，手裡仍然拿著一份《人民日報》，過路的人都用敬佩的眼光打量他一下。

　　有一回全村召開社員大會，他來得早，坐在主席台上看報紙，下面的群眾以為他在學習，實際上他只寫得起「張大全」三個字，人家找他辦事，「同意」這兩個字都是他兒子教他寫的。

　　但是每次開大會他都要講學習，要求年輕人要多讀書、多看報。村裡那些長輩們教育下一代都說，你們看人家老支書，活到老學到老，經常讀《人民日報》。大家又沒和他一起讀過書，都以為老支書真的是個有文化的人，其實他背後的事很多人都不知道。每次他把報紙取回家，夜裡就叫兒子、孫子唸給他聽，所以他開大會做報告從不打稿子。

　　涪江大隊的農場是菜蔬農場，鄉里的試驗地，區裡的樣板，是塊「肥肉」。但有人想「摳油」可不行。有的年輕人看不慣，說老支書太保守，思想不開竅，人家土地下放到戶了，他還在口口聲聲說要壯大集體經濟，一個錢也不分。幹部要年輕化、知識化，他要下台了，鄉里已經明確要他「下課」了，叫他分錢，他說誰也不能動。現在涪江大隊的農場沒有了，據說老支書還在。

老實人做賊

　　咱們村有個鄒少益，七十多歲，一個高挑個，一年四季頭上愛包一條白色的帕子，老老實實幹活，平時不愛說話，大人孩子都沒得罪過，所以大家都叫他「老實人」。

　　有一天村裡突然通知召開社員大會，據說老實人做了賊要遭批鬥，誰都不信。

　　那時集體生產，人人都要勞動，靠工錢吃飯。養牛天天有工錢，比天天下地強。但是生產隊幾百畝地就只有六七頭牛，一般人是餵不到牛的，生產隊長、副隊長、婦女隊長、會計的家庭是首選，而且還要「成分」好。因為老貧農鄒少益上了年紀，生產隊長喊他餵一頭黃牛。由於管理細緻，黃牛長得油光水滑，常常受到生產隊長的稱讚，每次評比他都是標兵。

　　陽雀叫了，農業社扯胡豆，桿桿要弄來餵牛。每次扯胡豆，生產隊長首先考慮鄒少益，叫他把胡豆桿弄去餵牛，加把料。

　　每次他把胡豆桿背回來都要打理一下，過濾一次，看看有沒有沒拔乾淨的胡豆桿。那些拔胡豆的人搶工圖快，總會給鄒少益留點希望。集體食堂不准一家一戶開火，各村交叉檢查，派了一名監管員，凡是聞到哪家做飯、看到哪家屋頂冒煙都要遭批鬥。

　　那天早上我剛出去，就看到監管員押著老實人鄒少益到大隊去，說老貧農做了賊被抓住了。他手裡還端著一個碗，邊走邊吃胡豆，走到村辦公室，碗裡的胡豆也快吃完了。

　　聽說老實人做了賊，偷胡豆被捉住了，誰都不肯信，大人細娃、男男女女都來看稀奇，鄒少益把偷胡豆的經過說完以後，參加批鬥大會的社員聽了以後東走一個西走一個，沒一會兒就只剩幾個村幹部和監管員了。

李守財

　　李守財自以為是，以為誰的梨子也沒有他的好，還像往年那樣，買梨的老闆會早早登門訂單，出手得錢，他萬萬沒想到今年卻發生了變化。

　　梨園村成立專業合作社那年，李老頭不願意加入，村黨支部書記和村長好話說了一籮兜也不頂用，後來大家都說他保守，叫他「李守財」。第二年梨子成熟時，村長喊賣梨子，各家各戶高高興興把梨子擔在路邊排隊，過了磅票子就裝進自己的口袋。而李守財只能每天挑著梨子去趕市集，結果又苦又累還沒賣個好價錢，婆娘埋怨李守財，讓他去向村黨支部書記道歉並要求加入合作社，村黨支部書記笑笑說：「我們也是為大家好。」

　　李守財進入合作社後想讓自己的梨子比別人的梨子好賣，到時讓那些曾經看不起他的人來求他，悄悄託人在外地弄來一批新品種，梨兒又大又甜又化渣。村黨支部書記問他品種是哪來的，但他死死不說，嘴裡叼著桿葉子煙唱川劇。他人不離山，山不離人，一天到晚守在他那片梨園。前年剛開始掛果，樹上的梨子不多，他懷疑有人摘了他的梨子。今天說西邊不見了，明天說東邊少了，這棵瞅瞅，那棵看看，總說哪個偷了他的梨子。

　　中午，太陽都當頂了，婆娘喊吃飯了他還在山上唱川劇。幺妹傳話：「李守財，喊你回家吃飯了！」「哦！」

　　這時他才慢慢回家吃飯。進屋就遭婆娘拉耳朵：「李守財，你是沒聽見還是裝聾？喊你吃飯喉嚨都喊乾了！」

　　「今天趕市集，過路人多，順手摘梨不算偷。」婆娘說：「現在哪家哪戶沒有梨子，多得像紅薯，誰來摘你的梨子？」

　　李守財剛剛端起碗突然像忘了錢包似的，立即往梨園跑。順著路邊的梨樹往上數果子，越數越覺得遭偷了不少。他暗暗叫苦，認為剛才中了幺妹的調虎離山計，待他回家吃飯時不知摘了好大一口袋。他急急忙忙往山上追，沒看見幺妹，迎面卻碰見二娃子邊走邊吃梨子，等李守財還沒問梨子哪來的，二娃就急忙打開口袋請李守財吃梨子。「嘗嘗吧，新品種。」這時他才注意

到二娃有鼓鼓的兩口袋。李守財問：「你家也有新品種？」、「多呢！哪家沒有新品種？最多要數么妹。我今天就掃尾了。」

　　李守財再沒去追么妹，急急忙忙往村裡跑，賣梨的村民挑著籮筐有說有笑往回走，跑到合作社時車子已經出村口了。

耐心

　　黃主任的幫護對象是張老三。張老三五十歲了才安家,老婆是再婚,兩口兒種那點地還不夠吃。黃主任是個多年從事農村工作的人,責任心強、心細,她把自己平時省吃儉用的錢花在刀刃上,硬是要想辦法讓張老三日子鬆活點。

　　送錢吧,點把點也解決不了問題,於是想給倆口兒買幾隻雞,雞下蛋,蛋變雞,要是一天能下幾個蛋也是好事。

　　誰知事與願違,黃主任第一回託人花了幾百塊錢買了幾隻「九斤黃」送去,過了一段時間去問張老三如何。張老三說:「悖時的黑狗討厭,今天咬一個,明天咬一個,幾天就沒了。」黃主任信了,叫張老三把黑狗拴個鐵鏈子,又給他買了幾隻「白洛克」,這種雞肯下蛋。張老三笑嘻嘻說:「好,太感謝你了!」

　　過了段時間黃主任到張老三家問:「雞下蛋沒有?連雞毛都沒見著,你這人也是,雞都到哪去了?」、「老鼠餓得慌,把腳咬了,我不燉來吃了,把牠甩了呀?」

　　黃主任聽了張老三的話,真有點生氣。但是張老三脫不了貧,她的任務就沒完成。

　　「張老三,你把屋後的紅楓林用網子圍起來,我再花點錢買一百只小雞,長大了弄去賣了就是錢。」

　　春節快到了,雞販子到鄉下買雞,張老三的雞他全部要了,賣了好幾千塊錢,張老三給黃主任打電話,她臉上才露出笑容來。

女當家

　　老社長去世了，要找一個有文化的年輕人當社長。現在，有文化的年輕人哪裡留得住，選來選去，選了個三十幾歲的女社長，大家都叫她「女當家」。女當家行不行囉？有的農民還擔心，管她行不行，試了才曉得，看她有多大本事。

　　女當家還真有點本事，上台那天開大會她就開誠布公地說：「當社長我還沒能力，給大家服務，應該還可以吧，只要信得過我，有啥意見儘管當面提吧！」這一說，全社的農民就七嘴八舌地議論起來了。有的說集體抬電桿沒有得到工錢，有的說家庭鬧矛盾沒得到解決，提得最激烈的是何年何月才能不走泥巴路。從社裡到大公路至少有兩公里，天晴滿身灰，下雨一身泥，不知有多少人在趕市集時打爛了雞蛋倒了米，要是女當家把這條路修好了，就算做了件天大的好事。

　　只見女當家把頭髮一抹，袖子一挽，大聲說：「大家慢慢來，今天我要一件件地給大家回答。第一件事，抬了電桿沒有得到工錢的舉手。」張三、李四、王麻子等都立即舉起手來，女當家細細一數，全社有十一個人。接下來她又問會計有沒有這件事，會計說：「有這件事，老社長簽了字的。」

　　女當家說：「既然老社長簽了字的，那還有啥話說，大家說該不該給？」

　　「該拿給別個，拖了這麼多年了！」大家說。

　　女當家說：「好！多少錢？今天我先墊起，發給他們。」台下響起經久不息的掌聲。

　　「第二件事，唐家幾姊妹奉養老人的事，我也說一下。這事就用不著再討論了，贍養老人是每個子女的義務，如果誰不養，我就在農業社分紅款中扣除，大家說要不要得？」、「要得！」大家巴掌都拍麻了。

　　「第三件事是關於修條便民路的事，今天我還不敢保證行不行，過些日子回覆大家。只要大家相信我，我就是砸鍋賣鐵，也要把路修起。」話說出去了，可錢從哪裡來？找政府，全鎮那麼多個社，哪來那麼多的錢？找村長，

那要你社長幹什麼？第二天她背起包包進城了。幹啥？找老闆要錢。第一個接觸的對象就是搞房地產的張老闆，聽說家鄉要修一條水泥路，他二話沒說就答應給十噸水泥。第二個她去找的是本村的成功人士李總，聽說張老闆給了十噸水泥，他還有啥話說，他給了五噸石子。

女當家沒有找政府，也沒有找村長，不聲不響，一條兩公里長的便民路就悄悄修起了。村裡的人們笑呵呵地說：

「現在時代不同了，女人當家比男人還行。」

諾言

　　星期五的上午，陳秘書剛剛到辦公室，鄧部長就說：「小陳，你來一下，今天和我去辦一件事兒，兌現我的諾言。」

　　記得剛開春的時候，區委號召全體幹部支援農業春耕生產，要求每個幹部幫助兩個貧困戶，鄧部長決定給貧困戶買對小豬，餵肥了又幫忙推銷，為了使農民放心，當時他就表態，按市場價收購。

　　今天鄧部長又買起豬崽送下鄉時，農戶卻關門閉戶。男人不在家，村幹部喉嚨都喊乾了才把他老婆叫了回來，一眼看見鄧部長又給她家買起豬兒來了很不好意思，趕忙去找別人借錢，鄧部長笑嘻嘻地說：

　　「不必了，年年我都給你家買豬崽，只要長大了變成錢就好。」

　　鄧部長剛說要走，男人趕回來了，聽說鄧部長又給他家買了兩只小豬，心裡過意不去，趕忙跑到隔壁買了幾斤肉來感謝鄧部長。

　　鄧部長笑笑說：「兄弟不必了，你回去吧，等你明年不好賣的時候再給我把肉弄起來。」

　　男人想把今年鄧部長買豬崽的錢給了，可是掏了半天也找不著。等他抬起頭來時，小車已經遠去⋯⋯

山裡女人的夏夜

　　在我們重慶山區，大多數男人都進城工作去了，家裡種田全靠女人。

　　夏天最熱，平均氣溫都在三十度以上，正是小麥收割、水稻栽插的季節。俗話說：「立夏、立夏，見到親家都不說話。」

　　白天各自都下地去了，到了晚上大多數媳婦都要沖個澡。以前她們洗澡只是用一個大木盆盛著水，屁股坐上去水往上漲，這就是山裡女人洗澡的空間。現在農村也建了水塔，安上了自來水，擰開水龍頭，水嘩嘩往下瀉，從頭到腳都洗得乾乾淨淨。然後收拾打扮一番，有的穿個短褲，拎個養蠶的簸箕往地上一甩就是張凳子，有的挾個枕頭，拎床竹蓆子找個乾淨的地方一鋪就是床鋪，手裡拿把扇子驅趕蚊子，擺起女人們的故事。

　　徐二嫂說：「我老公進城工作快半年了，一個信兒也沒有。」

　　「現在的男人心花著呢，你沒聽說過，城裡哪裡沒有夜總會、髮廊什麼的……」張妹說。

　　「你聽誰說的？」

　　「我老公在外頭承包工程，哪樣沒見過，是他親口告訴我的。」

　　「那你不怕你老公變心？」

　　「怕有啥用？多數男人還是離不開家的……」

　　「要是我老公真的變心咋辦？」

　　「你怕啥，留得青山在，不怕沒柴燒。我家二姑的老公有錢變心，在夜總會帶了一個小姐回來找二姑離婚。二姑也硬氣，離就離，跟著這樣的男人也活受罪。不到半年，那小姐把她老公甩了，男的又找二姑復婚，二姑要他答應三個條件，少一個沒門。」

　　「哪三個條件？」

遲到的春天：周作汝短篇小說集

「第一，從今以後每月把錢寄回家。第二，再不和其他女人相好。第三，還要看實際表現如何，考察半年。」

「後來咋樣？」

「二姑咋說咋辦。人家還給二姑打水洗臉、燒鍋煮飯呢，連倒馬桶、洗褲子都幹，不然到了晚上就休想睡枕邊兒。」

兩個女人哈哈笑，天上的星星眨著眼睛。

王二嫂四十歲出頭，家裡承包一片西瓜地，今天第一茬西瓜賣了一千多元，汗水換來喜悅，她數了又數，小心翼翼藏好後才來乘涼。

張妹說：「王二嫂！你咋才來？老公在家不？」

「他在山上守西瓜，哪裡有閒回家過夜。」

「孩子不在家，白天有空兒呢。」

「這些天活多人忙，哪有閒心。」

「你們有多久沒有做那事兒了？說不定有人早和你老公好上了……」

「現在的貓哪有不偷腥的。」

「你看咱村快成女兒國了。」

張妹和徐二嫂一唱一和，拿王二嫂逗趣。

張妹說：「那天我看見一個長辮子女人買西瓜，好像很熟，一來就鑽進瓜棚去了。」

徐二嫂也故意添油加醋地說：「說起那個人我也曉得是誰了。」

王二嫂扳起指頭一算，從西瓜種下地起，到現在有兩個多月沒幹那事兒了，以前在坡地裡都忍不住的人，現在莫非真的變花心了？王二嫂再也忍不住了，收拾打扮一番就朝瓜棚走去。

二哥問她來幹啥，她說今晚太熱屋裡睡不著。

清晨，紅紅的太陽從東方升起，一縷金色的陽光射進瓜棚。外面有人喊買西瓜，兩口兒睡眼朦朧起來，原來是徐二嫂、張妹嘻嘻哈哈：「昨晚怎麼樣？快摘西瓜來感謝我們。」

二哥笑嘻嘻地從地裡挑了兩個大西瓜，幾個女人說說笑笑各自回家去了。

雙龍湖邊的太陽

　　快過年了，戶戶殺年豬，家家掛燈籠，貼春聯，盼親人回家。三嫂突然接到丈夫的電話，說回不來了，大樓還沒完工，上面催交房。別人一家老小高高興興吃團年飯，她坐在大門口痴痴地望著那柏油路上來來往往的汽車，進城工作的都擔著大包小包回家來了，就是沒看見自己的丈夫。

　　婆婆娘叫她吃飯，她說不餓。結婚快三年了，肚子還是扁扁的，丈夫一年四季在城裡蓋大樓，從跑手續、搞設計、挖基礎到竣工，少則一年，多則兩三年，眼看這幢樓竣工，那幢樓又開始了。

　　別人不知道三嫂的心事，婆婆娘明白她為什麼不餓。

　　「你去吧，這幾天地裡活兒少。」她抬起頭，眸子早已濕潤了，從內心裡她感謝婆婆娘的理解和支持，其實從婆婆娘內心來說也是想抱孫子。

　　她簡單收拾了一下，拿了幾件換洗衣服就上路了。一路上，她想著心事。聽說現在男人有錢心就花，他該不會吧？她要去丈夫蓋大樓的地方看看。

　　她來到工地上，攪拌機在不停地轉動，**轟轟**地響個不停，鋼架像密密麻麻的樹林，那些泥水工像猴子一樣在架子上爬來爬去，個個戴著安全帽，身上還拴著一條繩子，就像電視裡的雜技演員，既驚險，又刺激。三嫂真的為他們喝彩，也為他們讚歎，更為自己的丈夫擔心。如果哪根繩子斷了，鋼架垮了，人隨時就有可能從半空中掉下來。

　　那麼高的樓層，那麼多戴帽子的工人，哪一個是自己的丈夫？她也認不出來，嗓子都喊啞了，上面聽不見，只有那些「猴子」才看得見自己認識的人，但是高空作業，不是想下來就能下來。

　　一直等到下班，其中一個頭戴安全帽的人走到三嫂的身邊。

　　「你怎麼來了？」

　　「媽非要叫我來……」

「吃飯囉！」工地上每天到了十二點，就有人擔起飯菜到工地上來賣，十塊錢一個盒飯。丈夫立即買了兩個盒飯，三嫂只吃了幾口。

丈夫說：「你吃不來，我們天天就是這樣過日子的。」

「哦。」三嫂心裡酸酸的。

「吃了飯咱們去轉一轉，你從來沒來過，看看這個樓盤有多大。」

「嗯。」

來到僻靜處，丈夫立即去抱三嫂。

「大白天的，你不害羞！」

「快，來不及了！」丈夫正要去脫她的衣服，突然有人咳嗽了一聲，一個鋼筋工過來了。

三嫂羞紅了臉說：「時間不早了，我得回家了。」

丈夫抬頭望天，一輪紅日還照在雙龍湖的上空。

桃花緣

有人說二哥走桃花運，那時我一直不明白，依我說他是桃花緣。

二哥退伍回家那年，要求和阿妹結婚，阿妹說要等到桃樹開花。支部書記看他是根「苗子」，叫他當生產隊長。為了發展黃桃生產，林業局弄來一批黃桃嫁接苗，搞示範園，以點帶面。那時，糧食沒過關，都怕誤了土地餓肚皮。散會後，各村的人都走了。

黨委書記慧眼識英雄，一眼看見二哥那身嶄新的軍裝，就知道他是剛退伍的新兵，他拍拍二哥的肩膀說：

「老黃，這個任務給你！苗子不要錢，在你那兒搞試點。」

二哥全盤接收：「行！」

生產隊開大會，群眾議論紛紛，有人說二哥是豬腦殼：「你叫咱們喝西北風不是？」

「吵啥吵？誰叫你們選我當隊長？」二哥聲音大，把大家的火氣壓下來了。

阿妹的娘說二哥德性不好，和他過日子要吃虧，不如把他吹了，阿妹說再考慮一段時間，等到桃樹開花時。

三年後大見成效，滿山遍野都是黃桃。那時他率先打入市場，獲得好價錢，成為全鄉的首富，縣裡推廣先進經驗，二哥戴上了大紅花，報紙、電視台都報導了。

二哥醉醺醺地問阿妹啥時結婚，她說：「等到桃樹開花時……」

二哥嘿嘿笑：「這不，桃花正開得豔嘛……」

王二嫂掃大街

　　那年秋天，丈夫撇下王二嫂和剛滿三歲的女兒，走了。好多人給王二嫂介紹對象，王二嫂總是找理由推。她把女兒託付給娘，獨自一人跑到渝北，找了份掃大街的工作。

　　女人想法越單純，工作就越認真。每次其他同事抱怨待遇低，她卻說：

　　「能有一份工作，能領一份工資，很不錯了！」清潔工走了一批又一批，唯有王二嫂留下來了。

　　一天早晨，王二嫂正在街頭沙沙地掃地，女兒跑來告訴她，自己考上了北京大學。王二嫂布滿皺紋的臉上掛滿了笑。

　　不一會兒，街道黨工委的領導叫王二嫂去一下。王二嫂在這條街掃了十幾年，根本不知道誰是當官的，每月在管理處領了工資就走。

　　黨工委書記笑嘻嘻地拉著王二嫂的手說：「祝賀你女兒考上了北大，這是我們給你的獎勵！」回到家，王二嫂打開信封細細數了一下，整整兩千塊，相當於自己兩個月的工資。

　　王二嫂從來不失眠，那天晚上卻睡不著覺，輾轉反側了一夜，第二天天不亮就出門掃地了。

　　地還沒掃完，又有人找到王二嫂，通知她去區裡開會。

　　「開啥會喲？我地都沒掃完！」王二嫂不願去。結果，區裡派了輛車來接她。

　　王二嫂說：「不麻煩你了，等我把這條街掃完了，回家去換了衣服就來。」

　　駕駛員是個年輕人，說：「來不及了，走吧，好事呢！」王二嫂拍了拍身上的衣服才勉強上車。車還沒走到一百米，王二嫂突然叫司機停車，說掃帚忘了寄放。

　　王二嫂最後一個到會場，長這麼大，第一次參加正兒八經的會議，領導說了些什麼，她一句話也沒記住，五千元的助學金倒是聽得明明白白。

剛散會,記者就圍著王二嫂。王二嫂急忙用手遮著臉:「你們不要攔我,我還有半截街沒掃完。」第二天,各家報紙都刊登了王二嫂的事,說她熱愛環衛工作,用一把掃帚送女兒進了北大。

清晨,人們還沒起床,街頭又響起王二嫂沙沙掃地的聲音。

小腦殼的心眼

　　十里八鄉都曉得有小腦殼這麼一個人。小腦殼並不是腦殼長得小，而是心眼兒小，處處想占便宜，鼠目寸光，看不到大事，丟了西瓜得芝麻。

　　那一年，政府剛剛推廣雜交水稻，大家都響應號召，唯有小腦殼說，摸到石頭過河的事，等人家種了，看收成好自己才種。秋收了，人家每畝雜交水稻收了六百多斤，小腦殼的稻子比別人少收一半。婆娘把他罵了個狗血淋頭，他卻說，農業社長沒通知他。他故意不交農業稅、提留款，隊長拿他沒辦法。一年拖一年，農業稅累起了幾千塊。前幾年中央出台政策，減免農業稅和提留款，農民種地國家還直補。小腦殼興奮得三天三夜沒睡覺。村裡人說，小腦殼聰明，有先見之明。

　　政府搞開發徵地，據說一家分一套房子。小腦殼冥思苦想，想多搞一套房子，他跟婆娘商量假離婚。婆娘高高大大、漂漂亮亮的，村主任聽說小腦殼要離婚，雖然不敢相信，但也沒更多勸解。

　　公布新房的時候，果真小腦殼有一套，婆娘有一套。有人不服，去找村主任糾纏。村主任說：「你去和你老婆把婚離了吧！」

　　小腦殼多得了一套房子，得意揚揚，他嘴裡叼支煙邊走邊唱黃梅戲，想把這好消息告訴婆娘。誰知回到家，大門開著空無一人，隔壁鄰居告訴小腦殼，婆娘遭別人帶走了。

　　小腦殼急忙去找村主任：「求求你，我不要房子，我要婆娘！」

　　村主任笑笑說：「那是你們兩口子的事，我可管不著！」

　　小腦殼捶胸頓足哭喊：「天啊！婆娘都跑了，我要這房子做啥子？」

新來的年輕人

　　辦公室新來了個年輕人，大家都叫她小慧，鵝蛋臉，披肩髮，個子不高，舉止文雅，說得上小巧玲瓏。

　　因為她學的工業管理，專業不對口，就沒有給她安排具體工作，好像她是一個多餘的臨時工，大家都沒把她放在眼裡，似乎覺得她什麼都做不成，什麼都幹不好。

　　她來到辦公室不是看書就是看報，很少主動與別人搭話，也不主動找事幹。到辦公室半年了，我們還像陌生人似的。

　　「小慧，你學的什麼專業？」

　　「工業管理。」她看也沒看我一眼，一邊回答，一邊看她的書。我真擔心她能不能適應鄉鎮工作，至少說應該熟悉全鎮的基本概況。

　　「你今年多大了？」

　　「報到時不是你登的記麼？」

　　其實我完全瞭解她的情況，是故意讓她說話，我是想透過對話瞭解她的心態，掌握她的語言表達能力，或者說活躍一下氣氛。

　　接下來我又問了她老家在哪兒，家裡有些什麼人⋯⋯她都沒有正面回答過我，依然看她的書，彷彿根本沒把我放在眼裡。

　　「既然你到辦公室工作，就必須聽從安排、服從管理，不懂就要問，不會就要學⋯⋯不然⋯⋯」

　　「希望你理智一點，人的忍讓是有限度的，我來了都快半年了，你什麼時候給我安排過任務？」

　　她突然站起來，像潑辣的村姑，和剛來時判若兩人，我想發脾氣，但覺得自己一時還沒有駁回的理由。

她弄弄劉海，眼睛裡射出一種別有的光芒，不是我問她，而是像她在質問我。

一向不開腔的青年人，想不到在我面前發起脾氣來。在通常情況下，女孩子早就哭起來了，然而她不但沒有哭，還和我對著幹。

你膽大妄為，那就讓你吃點苦頭吧。

「你知道我們鎮多少人口？」

「25156人。」

「錯了。」

「我沒有錯，是你錯了，在提問上不清楚，而且非常含糊，應該問農業年報多少人，公安年報多少人，因為這是兩個概念，我鎮農業人口是25000人，公安年報25156人，其中包括非農業人口。」

然後她又把全鎮的耕地面積，包括田土多少畝都說得清清楚楚。接下來她又介紹了我鎮的地理位置，占地多少平方千米，何年何月建鎮，年均降雨量多少，主產什麼，人均糧食多少，人均收入多少，農民負擔情況，經濟發展狀況，全鎮村幹部年齡結構情況、文化程度，甚至可以說出每一個村黨支部書記、村主任的姓名、年齡、文化程度。

開始是我問她，現在像她考我，我真的害怕她問我，顯然自己過去對她太不信任了。

因為臨時召開會議，有幾位同事遲到，按機關幹部制度要進行處理，他們的理由是辦公室沒提前通知，顯然要把責任推向辦公室，事實上是推託責任。誰知小慧站起來說：「上午九時開會，你遲到有啥理由？即使辦公室沒通知，你該幾點上班？」

小慧弄弄劉海，眼睛裡射出正義的光芒，不少同事暗暗稱讚。

一往情深

老區長退休以後沒有別的愛好，只喜歡釣魚。

為什麼他喜歡釣魚，據說他工作一輩子就是管農業、抓水利建設，每次他在會上說有水就有糧，有糧就有魚，魚米之鄉嘛。

全區大大小小的堰塘都灑下了他的汗水，留下了他的足跡，而讓他印象最深的是紅旗水庫。

如果不是修紅旗水庫，他哪能有機會做出貢獻？哪能成為市勞動模範？哪能從村支部書記轉為鄉幹部？哪能成為區長？可以說，沒有紅旗水庫就沒今天的他。

人們也敬佩他，老區長是靠自己的真實成績一步一步從實踐中成長起來的。

紅旗水庫山高溝深，水源充足，地勢險要，常遇山洪，曾多次修建未能成功。萬丈高樓從地起，關鍵要看基礎牢不牢。只要淘到了河底，基礎打牢了，再兇猛的洪水也沖不垮。因為山高溝深，水利資源豐富，所以灌溉面積最大，效益最好。百年大計，基礎第一，在枯水季節的冬季，加緊施工築壩。從前的鄉村幹部和廣大群眾，都因未在春雨前淘到河底而沒能成功，唯有老區長擔任村支部書記那年成功了，據說臘月時他還赤腳站在寒冷刺骨的水裡淘淤泥，在他的帶動下還有誰說不幹？轉眼四十多年過去了，老區長退休已有十五個年頭，一直沒有到紅旗水庫去看看，很多鄉幹部都換得差不多，他一個都不認識了。電視台打廣告，說紅旗水庫搞了一個農家樂，吃飯、娛樂、釣魚，三十塊一天。

老區長自覺性很高，凡是不收錢的魚塘不去釣，就是親戚朋友請釣魚，他還得送禮，禮錢遠遠超過了魚價。今天他去紅旗水庫釣魚，接待他的是個年輕人，不認識。他一邊釣魚一邊和年輕人擺起龍門陣來。

年輕人說：「據我父親說紅旗水庫來之不易，那時生活困難，餓著肚子幹，肩膀挑泥巴被壓腫了，只有一條毛巾擦汗水。全鄉每天幾千人攔河築壩，

沒有人不去的，有的人為修水庫獻出了生命。據說有個老區長赤腳站在寒冷的水裡淘沙，和大家一起抬石頭，現在當官的誰能和老區長比？要是老區長來釣魚，我一分錢不收。」

老區長笑笑說：「承包水庫花了幾十萬吧？」

年輕人說：「大概三十萬吧。」

老區長說：「辦一項事業難啊。」老區長彷彿又想起了當年修水庫的情景。那時沒實現機械化，靠人肩挑背磨，人工築壩，沒有壓路機，石匠打石滾子代替，靠人來拉，全憑哨聲指揮，如果稍不注意，兩邊用力不平衡，偏左或偏右都會造成傷亡危險。

夕陽西下，金色的餘暉照在紅旗水庫上。老區長把魚過了秤，交了錢，滿載而歸。突然有人喊，像是老村長的聲音：

「老區長等等……」老區長沒有回頭，喊聲在山谷中迴響。

魚

那天西山村養魚大戶黃老大接到鄉里的電話以後，兩口子差點打了一架。什麼電話那麼著急？說的是新來的區委書記要在他那兒開現場會議。這是件好事嘛。為何要吵架？

黃老大曾經是西山村出了名的懶漢，年年吃救濟的貧困戶，土地下放到戶那年，農業社有一個白天曬太陽晚上裝月亮的堰塘，唯有黃老大隔得最近，跨出門口就可以洗腳。社長拿著葉子煙桿在塘邊轉了轉嘆息：「五六畝這麼大一塊土地就這樣白白浪費了。」他圍著堰塘轉了一圈，想了想問黃老大：「黃老大，包給你養魚幹不幹？」

黃老大種地不行，對打魚撈蝦倒是很感興趣。「一年多少錢？」

社長說：「錢多錢少都無所謂，只要能夠有水栽秧就行，一年交幾百塊吧。」

「一個乾堰塘值那麼多錢？那我可不幹，你去找別人。」黃老大說。

生產隊召開社員大會，大家都勸黃老大包下來，隨便幾個錢都行，只要保證有水栽秧就行。結果黃老大撿了一個便宜。而且合約一簽就是三十年。黃老大回去以後遭婆娘罵得狗血淋頭，問他花幾百塊包乾堰塘做什麼，有那兩個錢不如拿來買酒喝。

婆娘罵又咋個，總不敢打他，最多遭人說怕老婆。於是他就跑到信用社貸款整修堰塘。信用社主任問他用啥擔保，他抓了抓腦袋說：「只有兩間破瓦房！」主任說：「鄉下房子不頂用！」黃老大說：「拿那塊六畝地的堰塘作抵行不行？」

這句話真起了作用。信用社主任到實地考察以後，二話沒說就批了。有了錢黃老大就開始整修，誰知道堰塘剛修到一半，黃老大的運氣來了。政府有興修水利資金，書記看了黃老大的堰塘很滿意，結果全部整修資金由政府解決了。

三年後，黃老大發了大財，並選他為勤勞致富的先進典型、全區勞動模範。常言說：「人怕出名，豬怕壯。」不論鄉里還是縣裡，凡是與農業有關的會議都在黃老大的堰塘開，凡是區裡來檢查工作，鄉長都往那兒帶。這樣一來，全區各地，上上下下來往的人就多了。既然是參觀養魚，當然就離不開吃魚、釣魚、送魚。開始那兩年路不好走，來的人也不多，開現場會議的時間也很短。自從修起公路以後，就方便了，有的幹部平時來檢查工作不說，星期天還要把一家老小、三親六戚請來釣魚，釣了又不好收錢，吃了還要送。黃老大在外面戴大紅花，說大話，可把老婆累慘了。雖說這些年跟著黨的政策發了財，但畢竟也還是辛苦。不說別的，單說每天的接待就難招架。所以聽說又要召開現場會議，婆娘就冒火，堅決反對，要麼避而遠之，要麼把漁網一把火燒了。

　　「反正我又不犯法，誰也不敢把我咋樣。」

　　黃老大說：「我的姑奶奶，你就再答應我一回，事關重大，據說新來的領導是管水利的，還有一個分管農業的副市長也要來……吃水不忘挖井人，翻身不忘共產黨，要不是改革開放的政策，有咱們的今天？」

　　婆娘想了想說：「好吧！」婆娘吵歸吵，心還是好的，刀子嘴，豆腐心，立即做好接待準備，專門請人上街買酒買菜，聽說裝魚的氧氣袋用完了，又趕忙託人弄回一大包，還是像過去一樣，上山打鳥見者有份，每個客人帶兩條魚回去，讓一家老小嘗嘗他們的魚。

　　第二天，參加全區現場會議的人來了，單是小轎車就有十幾輛，除了鄉上的、區上的，還有市裡的領導和電視台的同志，至少有幾十個人。新來的書記和市裡的領導叫拉起來看看，一網下去，收起來足有百多斤，活蹦亂跳的花鰱、草魚，人人臉上掛滿了微笑。書記說：「這就是改革開放以來的巨大變化，勤勞致富的典型代表，科學發展的好處……」說完，書記揚揚手說：「走吧！回去以後繼續開會。」

　　一輛輛小轎車緩緩離開堰塘。黃老大被這意想不到的大場面驚呆了，望著書記出神。

婆娘罵：「黃老大你還站著做什麼？還不叫他們回來？」這時黃老大飛也似的追上去，邊跑邊喊：「魚⋯⋯」

御臨河的春天

　　吃了早飯大家都上坡幹活去了，春苑還沒起床，年紀輕輕的她總是三病兩痛的。油菜都黃了，她頭上還頂著一個白帽子，顯得她更加漂亮了。

　　女兒吃了早飯，忙著上學。忘了收碗，幾隻雞飛到桌上撿飯吃，把一只細碗打在了地上，春苑被驚醒了，這時她才慢慢起床收拾殘局。

　　正是栽秧的時節，隔壁二哥牽著牛，扛著鏵口收租金去了。她從門縫往外瞧，心裡酸酸的，沒有招呼二哥。自從自己丈夫去世後，她就再沒叫二哥幫忙犁過田、栽過秧了。過去兩家親如兄弟，你來我往，和和氣氣。自從丈夫去世後，村裡人說三道四。因丈夫平時沒生過大病，突然一夜之間睡下去就起不來了。赤腳醫生說可能是腦溢血，兄弟姐妹都不信，全村人都感到太突然了。村幹部來了，也沒檢查出個所以然。兄弟姐妹哭哭鬧鬧以後還是把她的丈夫安葬了。

　　丈夫死後，村裡颳起一股「風」，這「風」是從婆婆那兒颳起的，她總說春苑與隔壁二哥有染。平時丈夫不在家，犁田栽秧之類的事情少不了要隔壁二哥幫忙。丈夫死的那天，村裡的、鄉里的幹部找隔壁二哥談過話。二哥很生氣，他硬要春苑家給工錢。這些年，二哥犁田栽秧從沒提過錢字。春苑丈夫一死，禍事還到了二哥頭上。二哥心裡很不高興，賭咒不再踏進春苑家的門。

　　春苑扒在門縫上看著隔壁二哥遠去的背影，淚水忍不住往外流，轉身準備打水洗鍋，不料婆婆站在背後。

　　「你看什麼看？有膽子你去唄！」

　　春苑說：「媽，你別那麼說好不好，你知道我心裡有多痛嗎？」

　　婆婆說：「你痛啊，他還敢來嗎？有老有小的誰願頂這床被子呢？」

　　春苑說：「你以為我嫁不出去嗎？我只是忍不下心，你就別吵了好不？」

婆婆再沒往下說了。春苑飯也沒吃就到村醫療室去拿藥。路過御臨河，春苑遠遠望見隔壁二哥正在給她家犁田。

春苑想大聲喊，可張了張嘴又把話吞了回去。

二爺和牛

　　二爺是個牛販子，他常常身穿一件藍布長衫。不論春夏秋冬、趕市集往來，二爺的腋下總是挾著一把傘，像把老式三八步槍。傘頂要有鐵尖兒，把子要有鉤兒，總之，傘要長、要大，一來防狗，二來挂路，傘大遮得寬，夏天的雷陣雨來得猛，冬天飄風雨打不濕衣。

　　他愛坐茶館。通常情況下，二爺的葉子煙桿還沒完全放在茶桌上，他就吼起來：「拿碗茶來！」看樣子氣度不凡。據說他憑那葉子煙桿打敗了一群土匪。那年買牛歸來，路過殺牛灣，幾個土匪跳出來說：「把牛放下！」「是什麼人？小心老子的東西不認人！」朦朧的月光下，他手摸著銅煙桿，決定和土匪決戰。土匪看他手別在腰間，像拿著手槍，單槍匹馬還敢夜行，於是便放他過了路。

　　茶館見二爺坐下，自然殷勤，嘩的一聲把茶碗擺在面前，恰到九分水，滴水不漏。然後二爺品一口茶，慢條斯理地纏他的葉子煙。「二爺的茶錢我開！」的喊聲此起彼伏，爭先恐後，聰明的茶倌還故意亮起嗓門：「二爺的茶錢王哥開了！」

　　有句俗話說：「買牛要看叉角牯，探親要看老丈母。」要做牛販子，首先要會認牛。長豬短馬疙瘩牛，翻肩打滾犟拐牛，打人牛，慢步牛，打不走的三百棒，不需揚鞭的快步牛。眼睛要像珠子，耳朵要像扇子，牛不在大，四肢要勻稱才有力。生意人還有一條規矩，明跡過看，暗跡要包。手從桌下伸過去：「夥計，牛這個價」，用手指表示價格，用長衫遮著，只有雙方才明白，這叫商業秘密。

　　二爺常常愛說：「老子穿開襠褲開始買牛，哪樣的牛沒見過？」他的確不是自吹自擂。那時二爺弟兄姊妹多，七八歲了還穿開襠褲。幺叔是個牛販子，看這娃兒家裡窮，人小膽大，跑得快，就叫他跟著跑。過去買牛有個規矩，不管人大人小，上山打鳥見者有份。幺叔是行家，他是幺叔的侄兒，侄兒也是兒，別人也不敢另眼相待，還口口聲聲喊老幺。民以食為天，只要肚兒吃飽，腳尖兒就有力。

幺叔哪裡沒去過,那一陣土匪當道,吃、拿、卡、要、敲詐、勒索哪樣沒見過。幺叔身經百戰終有一死。爾後,二爺又繼承了他事業,沿河一岸誰不認得,他常常拿根煙桿說:「老子過的橋比你走的路都多!」這的確不假,二爺買牛賣牛幾十年,經風雨,見世面,飽經風霜,身經百戰。

因此無論什麼牛,只要他看一看,摸一摸,就知道牛肯不肯出力,從骨節看力氣,從眼睛看健康,從牙齒看年齡……只要過了二爺的手,病牛變好牛,懶牛變快牛。集體生產時,農業社有一頭牛快要死了,準備寫證明進宰房,那時耕牛很少,上級有批示,殺牛必須經過獸醫鑑定、上級批准。二爺看看牛眼睛,摸摸牛,一手把繩子牽過來說:

「隊長,這牛不能殺,我看是『欠草症』。」

「啥?欠草症?」隊長還沒搞明白,二爺說:「這牛缺水,平時沒注意飲水,欠草,是飼料不足。」

「好!這牛交給你!」

二爺用生薑、鹽巴把牛口洗了,又到街上撿一服中藥,天天早上給牛吃點露水草,平時,添足草料,一個月以後,那牛跳起五尺高。隊長笑嘻嘻地說:「二爺!這牛管不住了?」

社長向村長報告,全村召開社員大會,把二爺作為先進典型,也教育下那些養牛不負責的人。二爺把病牛養成好牛的愛社精神受到表彰,被評為市裡勞動模範,一頭大牛的角上拴朵大紅花,從生產隊到大隊,人人見了鼓掌。

二爺放牛還分春、夏、秋、冬,上午、下午,天晴、下雨。春天宜早,夏天宜晚,秋天宜下午,冬天宜上午。他還用生薑、鹽巴給牛洗口,健胃消食。他從牛的睡臥姿勢可以判斷牛有無病況。

那年夏天,村裡的劉老五、李志久等五戶窮人買的一頭牛得了病,獸醫開藥不見效,搖搖頭說:「沒辦法……」

二爺和牛

農村有句俗話：「中怕死妻，老怕離子，窮人怕死牛。」二爺看完牛後判定是涼寒，叫獸醫給牛開點麻黃。夏天三十多度，牛咋會涼寒？獸醫說：「你瘋了？」

二爺把胸口一拍說：「你照我說的辦，牛死了我負責！」

果然藥到病除，獸醫舉起大拇指，農夫感激不盡。

二爺一輩子和牛打交道，見了牛看牛，見了人說牛，趕市集走人戶談牛，見到親家也說牛，睡覺也夢見牛，離開牛吃不下飯，沒有牛坐立不安，和牛相依，與牛相伴。老婆罵他：「許你將來像幺叔一樣死在牛身上……」二爺把煙桿一放：「死也不拉稀擺帶……」

誰知被老婆罵準了。那年夏天買牛，二爺在高坎岩上坐下來抽煙歇氣，想在樹蔭下睡一覺，睡下就起不來了。

據過路的人說，不知二爺是啥時死的，只有老黃牛站在他身旁，默默地流著淚。在安葬二爺的那天，老黃牛一天一夜沒吃草。

主任軼事

　　一輛大卡車拉來十噸磷肥，緩緩停在供銷社門口，駕駛員找主任收貨。主任是個粗眉大眼的漢子，還是在部隊當兵時那個性格，他板著臉問：「肥料哪來的？」

　　「上面派來的……」

　　「聽群眾說你的磷肥有點問題，我要檢查一下。」

　　主任把磷肥拿到水裡化解，連泡泡都沒有，他說：「肥料有問題，不能坑了農民，這車磷肥我不收。」

　　駕駛員賠著笑臉急忙遞上一包煙，主任還是板著臉說：「謝謝！我不抽煙！」駕駛員說：「這是上面派來的，你敢……」

　　他話沒說完，主任就頂回去了：「那你去找上面！」

　　駕駛員沒辦法，立即撥通電話，叫主任接電話：「肥料是我們統一組織的……」

　　領導話沒說完，主任又頂回去了：「我剛才把肥料拿到水裡去試了一下，連泡泡都沒有，沒一點臭味，我們不能坑害老百姓。我是黨員，不收有問題的肥料，要不你把我主任撤了……」

　　駕駛員沒辦法，只好把肥料拉走了。

　　過了一段時間，果然主任的職務被撤了，被調到另一個部門去負責多種經營生產，專門跑農村這一塊。多年沒種棉花了，現在要改變糧食經濟結構，困難很多。但他沒有怨言，也不背思想包袱，工作積極主動，可就是改變不了軍人的性格。

　　上面統一組織供應棉種，據群眾反映棉種有問題，他又親自搞試驗，發芽率只有80%，他立即找上面要棉種，並告訴群眾要增加用量。

　　秋收了，全區棉花獲得了高產，農民高興，領導滿意。不久，領導找他談話。群眾為他擔心，是不是要「下課」？

他對群眾說：「全國下崗職工那麼多，何止我一個？大不了回鄉下種田⋯⋯」

領導不緊不慢地說：「地方黨委和廣大群眾對你的印象很不錯，希望你的性格今後改一改，軍隊那一套在地方上是行不通的⋯⋯」領導喝了一口茶接著說：「我們經反覆考慮研究決定，還是調你到原單位繼續當主任⋯⋯」

主任還是板著臉說：「恐怕不合適吧，江山易改，本性難移啊⋯⋯」

牛車情緣

村裡人都羨慕二哥有福氣，娶了個好老婆。

二哥出生在多子女家庭，是個大老粗，像個瘦猴兒。二嫂身材高大，什麼活兒也難不倒她。兩口兒吵嘴，二哥也只是賠著笑，害怕二嫂打他似的。其實，婆娘從來沒嫌棄過他，當然，二哥也從來不敢打老婆。有的人想欺負二哥，想在二嫂身上打主意，可是誰也莫想接近，小心遭了打說不出口，只敢背著二嫂，衝著二哥開開玩笑。

說來他們也有段有趣的故事。二嫂是壩上人，十六歲就成了大姑娘，高高的，胖胖的，毛辮兒又粗又長，常在鄉里割草。二哥有個牛拉車，天天進城幫供銷社拉貨。早出晚歸，常常相遇。二哥也有些調皮，趕著車哼兩句小調：

「……達坂城的姑娘，兩個眼睛真漂亮……不要嫁給別人，一定要嫁給我……」

二嫂聽二哥唱的歌不對勁兒，邀幾個姑娘把牛車攔住，問他為啥要罵人。二哥說：「我聽收音機裡唱的，廣播能廣播，我就不能唱麼？」婆娘說不過，要罰他送她們回來。二哥聽了這話，巴不得呢。時間長了，他們就產生了感情。

後來，二嫂和別人吵架，別人罵她是趕牛車來的婆娘，她卻亮起嗓門說：「老娘趕車是自覺自願，總不像別人走了這家走那家……」

轉眼三十多年過去了，二哥家裡修了樓房、買了汽車，牛拉車不知丟到哪個年代去了。二哥高興的時候，輕輕唱起小調：

「……達坂城的姑娘，兩個眼睛真漂亮……不要嫁給別人，一定要嫁給我……」

二嫂一把打到二哥背上：「你唱大聲點，老娘聽聽。」二哥只是嘿嘿地笑。

永遠活著的人

老陳從新疆退休後回重慶養老，過去單位每年都要派人來慰問，現在不時興了，只每年寄張表來。

每年單位把表寄來，不是老陳的兒子拿去蓋章，就是兒媳婦代辦。表每年都拿來蓋章，單位也就視老陳還活著，繼續給他寄錢。

兒子、兒媳婦進城工作，叫社長來辦理，新來的幹事說：「他家裡人不來，為啥叫你來？」

社長說：「他兒子、兒媳婦走之前都說過，父親每年有個調查表，拜託填一下拿來蓋章，農業稅就在匯款裡扣！」

幹事說：「老陳他本人為啥不來？」

社長說：「生病多年了，一直臥床不起。」

春節快到了，縣長想起父親囑託的事，叫他一定抽時間看看他的老戰友。據說老陳在珍寶島自衛還擊戰中與父親出生入死，同甘共苦，一起退伍。縣長親自打電話找鄉黨委書記說要看看老陳。

書記立即打電話告訴村長：「縣長要見老陳。」村長說：「好像還活著。」

村長沒有絕對的把握，問社長，社長說：「老陳臥床不起好幾年了！」

縣長說要親自看看，社長把縣長帶到一個山坡上，有個小土堆已長滿了草。

救災物資

　　打掃鄉政府會議室，張副書記發現屋角還放著半袋水泥，覺得該處理了，說：「小楊，你們文化站把這點水泥弄去做黑板。」小楊喜出望外，馬上去告知泥水工。誰知李鄉長卻說：「這是修橋未用完的救災物資，等集體研究了再說。」

　　過了一段時間，鄉上開幹部會，大家發現屋角的半袋水泥已經快要變質了，於是議論起來。有的說拿點回家打灶，有的提議賣了……張副書記聽不下去了，大聲說：「我上次提出給文化站做黑板，有的人卻不同意。」李鄉長知道是在說他，站起來說：「這個事情我早就提了幾次，是你們不研究如何處理！」鄭書記怕擦起火，會開不下去，趕忙擺手說：「大家都莫說了，開會！」

　　最近聽說縣委要來查災情，李鄉長打開會議室又看見了那半袋水泥，心裡悶了半天，說：「小楊，你們文化站說做黑板，來把這點水泥弄去。」小楊一摸，水泥已經僵硬了，把嘴一撇說：「救災物資我們可不敢亂用啊！」

　　最後，李鄉長只好把水泥扔了出去。

熱線

「喂！走到哪兒了？」媳婦打電話問男人。

「快了，一會兒就到家！」男人說。

媳婦坐在沙發上，電話裡問個不停。

「媽媽，我餓了！」女兒望著媽媽。

「餓了也等一會兒，你爸快到家了……」媳婦說。

「爸爸，快點，我餓了！」女兒給爸爸打電話說。

「餓了你先吃吧，別等我……」

老母親解下圍裙走出廚房：「我一切都做好了，等她爸回家就吃飯，酒呢？」

「媽，你看看櫥櫃裡……」

「喂！還有多遠？」媳婦又打電話問男人。

「不遠了。」男人回答。

桌上擺滿了菜，高壓鍋裡噴出雞湯的香味，各種炒菜分門別類擱在桌上，老父親還在車站門口等待著兒子的到來，當兵的人就是不一樣，幾年才能回一次家。

「喂！喂！……」手機無法接通，也許沒有電了。

老母親望著窗外嘆息：「都怪他爹讓兒子去當兵，還說是光榮傳統，軍人之家。」

「娘！你就別說了，叫爹不要等了，回家吃飯。」

老母親說：「今天是過年，不比平常，再等一會兒吧，春節車子打擠，也許路上堵車……」

「媽媽！我餓了！」女兒趴在媽媽的腿上，期盼地說。

「娘！別等了，叫爹回家吃飯。」媳婦生氣了。

全家人從上午盼到下午，從下午盼到了晚上，男人還是沒有回來，手機也打不通了，媳婦早已無精打采，關門睡覺。只有老父親坐在電視機前看他平時關心的新聞節目，突然發現一起重大火災事故，兒子正在現場指揮……

社長娘子

天剛麻麻亮，二嫂牽著孩子找社長。

「社長，你可憐可憐我娘倆，昨晚他爹把我們趕出來了……」

「為什麼？」社長問。

「他說你幫咱幹活沒收工錢是因為……」二嫂紅著臉說不下去了。

二嫂家庭困難，沒有耕牛犁田，缺乏勞動力，眼看人家秧子栽上坎了，社長說：「咱鄉親鄰居總不能見死不救。」於是親自吆喝幾個人幫忙犁田栽秧。上面下來救災，社長第一個把二嫂的名字報上去了。有人說社長和二嫂是老相好，社長說：「你曉得個屁，人家有久病臥床的老母親，男人又不務正業，總不能讓娘倆餓死。」

二嫂男人早有耳聞，一直懷恨在心，由於多喝了幾杯酒，罵二嫂，二嫂頂嘴，就被趕出來了。

社長火了：「他媽的好事做不得。」

社長的婆娘說：「老頭子急啥，老娘要他求爹告娘才行。二嫂，你急啥嘛，養人偷漢，捉賊拿贓，他有啥依據？不是說社長有責任，就是外人也應幫忙，見死不救也有罪，何況我們本鄉本土的。」

「走，老子找他爹去！」社長氣呼呼地扛把鋤頭衝出門去。

「回來！你聽老娘的不吃虧。」社長的婆娘說。

社長的婆娘不予追究，二嫂也就放心了，牽起孩子想回家去。

社長的婆娘說：「別慌，這樣的男人不收拾他幾回，今後如何做人？你先在我家住下來，要不了兩三個時辰，男人會乖乖求上門來的。」

話音剛落，果然二嫂男人來了，身後還有幾個弟兄。他兩眼圓睜，彷彿滿臉的橫肉都在抖動。

「我老婆在你這兒吧！」

社長也不吃軟，正想發火，社長的婆娘遞了個眼色，然後笑嘻嘻地回答：「兄弟是江湖好漢，有理不在聲高，義氣為重，不妨坐下來商量。」

　　社長息怒，遞過眼色，男人接過凳子勉強坐下。

　　「兄弟，先聽我說，你不在家，老母臥病在床，兒子幼小，栽秧缺乏勞動力，咱丈夫是社長，叫幾個人幫忙，難道有錯？在報困難戶時又把你家報上去了，明明是別人起壞心，你卻信以為真。自古捉賊要拿贓，偷人要提雙，誣告是犯法的。」

　　二嫂在屋裡大哭大鬧，說男人侮辱了她的人格，今後不好見人了。

　　社長說：「你再這樣，老子以後叫社員幫你家幹活都要工錢，不拿錢就挑稻子。」

　　男人慌了說：「求求你幫個忙。」

　　社長的婆娘說：「行呀，從今以後不准胡言亂語。」

　　男人感激不盡，社長的婆娘一本正經地說：「二嫂，還不回家煮飯去。」

　　男人朝前走，二嫂回頭一笑。

危險的信號

男人下班回來說:「還沒煮飯?」

女人說:「我也剛下桌子呢!」

男人有些累,倒了一杯開水坐在沙發上抽悶煙,心裡有些不高興地說:「快做飯啊!」

女人手裡拿起毛線:「你看我不是正忙嗎?」

休息了一會兒,男人慢慢從沙發上起來,打了幾個雞蛋,下了兩碗麵條。

電話鈴響了,女人回答:「剛吃飯呢,一會兒就來!」

吃完麵條,女人揩揩嘴向老公拋個媚眼:「老公辛苦你,她們三缺一呢。」

男人說:「我累了,去拿包煙吧!」

女人說:「你就忍一下吧,堅持就是勝利!」

「單位搞集資建房,每平方米比市價少一百多塊。」

「這些年孩子讀書哪有錢呢?再說,現在到處搞開發,便宜的房子多著呢。」

男人說:「咱們不是還有點存款嗎?再想辦法從親戚朋友那借一點不就行了嗎?」

女人說:「去年我打牌手氣一直不好……」

男人急了:「我曾多次勸過你不要再賭了……」

女人說:「你急啥?待我手氣好的時候,還愁沒錢嗎?」

男人心一顫,一個特別精緻的繡花碗落在地上摔得粉碎……

太平門

　　星期二的下午，四樓防盜門被撬了，王老頭大吵大鬧：「他媽的防盜門不防盜……」

　　有個老太婆走過來：「王老頭吵啥嘛，莫說防盜門不防盜，人家天天晚上睡一鋪，男人在外還包二奶呢！」逗得大家哈哈笑。

　　笑歸笑，大家商量，在底樓進門處再裝一個鐵門，每家每戶配一把鑰匙，這麼就太平了。

　　自從裝了鐵門以後，整個單元就清靜平安了，於是大家都叫它「太平門」。

　　但日復一日，月復一月，大家又對「太平門」有了反感，樓上十幾戶人家，有的是駕駛員早出晚歸，深更半夜震得門響，有的是開食店的，早上四點鐘就起床了，鐵門聲常把別人驚醒。學生要上早自習晚自習，常常忘掉鑰匙叫開門。一家兩三個人，除了自己家的鑰匙，還要多加一把「太平門」的鑰匙，帶在身上一大串。親戚高聲喊開門聽不見，朋友玩耍不方便。

　　據說有一天小陳喝了酒，沒帶鑰匙，敲門也沒人聽見，兩口子第二天打了一架。王老頭吵得凶：「再不把『太平門』砸了，我就成一個孤老頭了。」還有人說自從門口裝了「太平門」後不僅把親戚得罪了，還把媳婦隔開了。

　　於是鐵門沒有鎖了，像多餘的擋路牌。

　　那天下午回家，突然樓下停著幾輛警車，說是樓上又被盜了，小偷還是白天作案。

　　大家又對「太平門」展開了討論……

涪江河畔的月亮

　　星期天的晚上七點半，學校召開例會，新來的校長火氣特別旺，開場白就是宗旨教育，什麼責任意識、大局意識。

　　台下議論紛紛，據說上週一的上午，老校長整整遲到了一節課。

　　「……時代賦予我們責任，教育必須進行人事制度改革，與時俱進，必須制度創新，誰違反了紀律和制度，都必須嚴肅處理，老校長星期一遲到一節課，按規定扣獎金一百塊，請財務上執行。」

　　會場上，鴉雀無聲。

　　晚上，幾位老同志來老校長家串門，大家憤憤不平：

　　「新官上任三把火……」

　　「你和他的父親風雨同舟幾十年，記得畢業考試那年你為他東奔西跑，真是忘恩負義……」

　　老校長說：「那都是過去的事情，就讓它過去吧！」

　　正說著突然有人敲門，新校長夫婦不約而來，幾位老同志告辭而去。

　　「老校長，對不起，我剛回家就聽說上週一上午你和我父親去鄉下看望一位病了多年的老教師，途中堵車，所以遲到了……」

　　「看望老教師是我個人的感情，遲到違反了學校紀律應該受到處理……」

　　「老校長，感謝你的支持，但是這一百塊錢我給。」新校長的妻子掏出一百塊。

　　「不不不……」老校長像一頭老黃牛眨了幾下眼睛，兩行晶瑩的淚珠滾了下來。

　　小屋靜悄悄，一輪金色的月亮照耀著涪江河畔。

豐收的喜悅

　　秋收時節，金燦燦的稻子給農夫帶來了豐收的喜悅，人們忙著收稻子，打穀機發出的轟轟聲像一曲動人的歌。

　　唯有村委會主任家的幾畝稻子還是青青地「站」在地裡，常言說：「處暑不低頭，割起回去餵老牛。」

　　主任的婆娘到田邊看了看，搓了搓，稻子像麻花似的，沒有沉甸甸的果實。人家收得笑，咱全家人喝西北風？回家來婆娘就埋怨主任：「減產都怪你，要不是你把水給了王二嫂，咱的稻子能減產？」

　　主任說：「王二嫂丈夫住院，缺水栽秧，咱是村委會主任，怎能不幫一把？誰曉得後來天不下雨呢。」

　　婆娘說：「有水就有谷，給水就是錢，給水就是飯。」

　　主任說：「我只管得到地，咋能管得到天，誰知道那以後老天一直不下雨……」

　　婆娘說：「既然沒有理，你就到王二嫂家吃飯去。」

　　兩口子吵架的事王二嫂聽說後，回家去裝了一挑稻子足有一百多斤，上門來賠不是。主任去收電費了不在家，他婆娘說：

　　「二嫂，你又沒借咱家的糧，又不欠咱家的債，挑擔稻子來幹啥？」

　　「如果不是你同意放水灌咱田，咱能有收成？」王二嫂說。

　　「哪裡，哪裡……」主任婆娘的氣消了一半，聽起感到舒服。

　　「你為了我家的事，水稻大減產，我真過意不去。」

　　「只怪老天不作美，要不是天旱咱也不會減產，再說，天有不測風雲，人有旦夕禍福，誰能一輩子不遇到些事……你還是挑回去吧……」

　　「不，哪能成呢？」

　　「你挑回去吧，二哥病了還要錢，再說咱倉裡還有前年的陳穀子呢。」

「你們是為咱減的產,要說這一挑稻子少著呢!」

一個要送,一個不要,王二嫂丟下擔子就走了。

主任婆娘大聲喊:「王二嫂回來……快把稻子挑回去……」

一包舊衣服的故事

　　快過年了,妻子清理衣物,打掃衛生,發現床下有一包舊衣服,埋怨婆婆早該把這些舊衣服丟到垃圾箱裡去。

　　妻子剛要拖出門口,丈夫挾著公文包回來了,一眼看見他那細嫩嬌小的美人兒,心都痛了:

　　「你看你看,你甩它幹嘛?也許是媽媽留給鄉下⋯⋯」

　　妻子是城裡人,哪知道鄉下人的艱難困苦,只要衣服好看,錢多少不在乎,買了一件又一件,像個服裝模特,一天一個樣,丈夫勤儉節約,哪怕再苦再累,只要一看見那美人兒,什麼都忘記了。

　　丈夫的父親死得早,家裡經濟困難,幺叔每年進城都在親戚那裡要些舊衣服給他,平時還要給些零花錢,他常鼓勵說:

　　「你給老子好好唸書,天塌下來有你幺叔⋯⋯」

　　現在進了城結了婚,丈夫圍著妻子團團轉,似把幺叔忘了,幺妹進城來的時候,妻子把那包衣服給了幺妹,都沒給幺叔,幺妹想了想,自己雖窮,但也不至於穿人家的舊衣服,男朋友笑話呢。所以她又送給幺叔了。

　　幺叔喝醉了,大發雷霆:「你娃讀書時,老子進城要衣服,捨不得殺年豬,把豬賣了給你交學費⋯⋯現在你有錢了,把老子忘了⋯⋯」他見路旁有一個精神病人凍得全身發抖,順手將那包衣服扔了過去。

　　後來婆婆問起那包舊衣服時,妻子說給幺妹了,婆婆說:「誰叫你給幺妹的?那是我給你幺叔的,你知不知道那衣服裡面還有⋯⋯」後面的話婆婆就沒說了。她立即撥通電話問幺妹,幺妹說:「那些衣服都過時了,我就給幺叔了⋯⋯」衣服只要給幺叔了,婆婆就放心了。

　　臘月三十過大年,幺叔到丈夫家過年,丈夫的母親端起酒杯說:「敬幺叔一杯酒,感謝你這些年來對侄兒的關照,那包舊衣服裡有三千塊錢你應

該收到了,那是我的一點心意。」幺叔一飲而盡,啥也沒說,丟下飯碗往外跑……

新媳婦

　　南方新媳婦時興滿月歸寧，娘家兄弟姐妹就要親自接回家去。說起新媳婦滿月歸寧，男人哪裡能等那麼久，最多在娘家過一週就要接回來。誰知一週已過去了，男人卻沒有來接她回婆家。新媳婦坐在電視機旁，看新聞，說婆家那裡下了暴雨，發了大水⋯⋯她愁眉苦臉對媽說：「媽，我要回去。」媽說：「有接有送才貴重。」新媳婦說：「他是軍人，怕是抗洪搶險去了。」媽說：「別人重要還是自己媳婦重要，第一回就這樣，今後誰看得起你？咱家姑娘也是有頭有臉的。」

　　暴雨還在下，河水還在漲，男人還沒來，新媳婦心裡像洪水翻滾，自個兒悄悄走出了家門。

　　她來到小河邊，大河漲水小河滿，洶湧的河水擋住了去路，平時她從平橋上過去，今天不知平橋哪兒去了。

　　河那邊過來一個軍人，黝黑的臉上有一雙明亮的眼睛，問：「你要過河嗎？我背你。」新媳婦搖搖頭。新媳婦想，你想占我便宜，我才不幹呢。過了一會兒，軍人又問：「要過河嗎？是不是不好意思？」新媳婦環視了一下周圍，然後點點頭。

　　軍人捲起長褲，河水齊肩頭，像一塊立在水面上的石頭，經受洪水的考驗。新媳婦低頭羞紅了臉，心裡感激這位軍人。

　　回到婆家，男人問她是怎麼過來的，她把經過告訴了他，男人什麼話也沒說，立即朝河邊跑去⋯⋯

生命的旅程

太陽像個圓圓的紅球慢慢西沉。

他靜靜地躺在門板上，面色憔悴，像打了一層蠟，顏色與黃土地相近，唯有眸子裡閃爍著微弱的光。

兄弟姐妹，妻子兒女，街坊四鄰來了，還有村黨支部書記和村主任，他們深切地望著他，希望他不要離去，他是村裡的優秀共產黨員，過去為群眾做過許多有益的事情。哪一次送公糧交稅款他不是走在最前面？村裡有一條4.2公里的鄉村公路時常路斷人稀，他長期義務維修，從沒要一分工錢，誰說不值得學習？不論哪一次工作他都走在前面，凡是公益事情他總帶頭去幹。他像一頭忠於黨和人民的牛一樣任勞任怨，他像火車頭一樣一直向前！

他從小沒有父親，母親拖著他們兄弟兩個，他肩負著長兄當父的責任，為母親分憂，把弟弟撫養成人，送他讀大學當了高級工程師。他深深懂得培養人才、重視教育才能治窮治愚，最終脫貧致富。他有三男一女，每一個都考上了重點大學，當他最後一個女兒大學畢業，參加工作了，他才放下心。

他緊緊地拉著黨支部書記的手說：「我把今年的黨費交了。」黨支部書記推推他的手說：「這是黨支部書記和我的一點心意，這是一百塊錢。」、「不，這錢我不要，給失學兒童，救助貧困生……」在場的人沒有不為之感動的。

他又把幾個兒女叫到跟前，當著黨支部書記、主任和大家的面說：「我死了，一定要火化，該交的錢一分不能少……」

說完他慢慢閉上了眼睛，一線夕陽透過門窗照在他的身上。他像一頭耕耘在田野的老黃牛耕完了最後一塊地，倒在田野裡；他像火車頭停止了滾滾濃煙，到達了人生旅程的終點；他像一艘小船經過幾十年風浪，終於找到了歸宿和彼岸。

人的一生就是這樣，當你解決了所有困難的時候，該享福的時候，上天總是不公平地要奪走你的生命，勸你走向那傳說中的極樂世界。

一張意外的匯款單

　　他突然收到一張匯款單，匯款簡短附言是歪歪扭扭的幾行字：感謝你，好心大哥救了我，阿秀。

　　誰會想到這張匯款單治癒了愛的傷痛。三年前，他和女朋友從城裡工作歸來，在火車站碰上了錢包被盜的姑娘，怪可憐的，他在身上掏了半天沒有零鈔，就將一百元遞了過去，她再三要他的家庭住址，他就告訴了她，上車後女朋友一直找他糾纏：

　　「像你這樣的人最容易上當受騙，你是不是看人家漂亮，不然為什麼把地址告訴她？」

　　「人應該有點同情心，希望你不要這樣。」

　　女朋友說：「和你這樣的男人在一起，一輩子休想富裕起來……今後如果和你結婚，還有錢孝順父母麼？在經濟上我還有沒有支配權？」

　　他們從那以後一直鬧矛盾，幾乎是在吵鬧中度過的春節，雙方最終分手了。

　　他手裡拿著這張意想不到的匯款單，彷彿有了新的希望，又踏上了新的征途。

打樣

　　在我們重慶農村，過去大多是父母之命，媒妁之言。男女雙方在結婚之前都不准見面，直到結婚當天的晚上拜了天地、揭了紅蓋頭，才知道對方長什麼樣子。女人從命，嫁雞隨雞，嫁狗隨狗。

　　二哥家裡窮，娶不起媳婦，但人長得帥、聰明，學啥會啥，喜歡打牌、喝酒。凡是哪家紅白喜事，準請二哥陪客。

　　小河村有個大戶人家的女兒擇人，寶哥又矮又醜，家有二十四挑穀子，是村裡唯一的富裕中農。大家商量，叫二哥「打樣」，替寶哥相親。二哥一表人才，彬彬有禮，一一見過丈母娘老丈人，他酒量很好，打牌不俗，回回獲勝，姑娘暗中偷看，滿心歡喜，次年二月預期接人，揭開紅蓋頭時，見不是二哥，那姑娘痛哭了一場，一夜沒睡覺。

　　二哥「打樣」換來幾個小錢，在城裡開了一家綢緞鋪，生意越做越大。

　　二哥要請幫手，張貼廣告。

　　姑娘應聘，覺得老闆面熟，但一時叫不出名字來，二哥也覺得似曾相識，但不敢冒昧。

　　姑娘說：「我來幫你幹些啥？」

　　二哥說：「打樣……」

　　姑娘頭也不回就走了，第二天清晨，據說大河邊有一具女屍，二哥三天三夜沒吃飯。

從頭再來

她懷疑自己男人有了外遇，才和她鬧離婚，但一直沒達成協議。男人軟拖硬扛，不回家過夜，即使回家也互不招呼，一個睡東屋，一個睡西屋。

城裡鬧 SARS，人們都有些怕。酒樓餐廳大吃大喝的人少了，髮廊生意不好了，見了親戚朋友也不握手了，該躲的就躲，能避的就避，害怕被染上了。一場抗擊 SARS 的沒有硝煙的戰爭開始了，這場戰爭激發了她的熱情，她積極報名，到祖國最需要的前沿陣地上去，支持北京。

下班回來，到農貿市場買了許多東西，男人喜歡吃的菜、喝的酒。她把最好的手藝都拿出來，菜刀不停地跳躍，發出有節奏的聲音，雞、鴨、魚肉應有盡有，蔥、竹筍、塘藕水靈靈亮晶晶，她在盡情地歌唱，盡情地表演，她將要到人民最需要的地方去工作，到最危險的前沿去，向「死神」宣戰，是死是活就很難說了。

在即將離開丈夫之前，她又有些留戀，希望男人像以前那樣吃得滿嘴流油，喝得滿臉紅霞飛，不斷地讚美她。

但是，她這一切出色的表現，並未引起男人的興趣，男人還是像以前一樣，進屋把門關上，打開電視看新聞，突然他發現一則新聞報導，說妻子將赴北京，到最危險的前沿去，這意味著什麼？他很清楚，他對她說：

「你這是幹什麼？難道你真的想死？咱們的孩子怎麼辦？咱們這個家……」

她說：「吵什麼？我們不是很痛苦嗎？眼不見心不煩，這也是一種解脫……」

「不，不……」男人抓住她的衣服，越抓越緊，眼淚奪眶而出。

信賴

　　陳家灣住著兩戶人家，一家姓陳，一家姓李，掛角沾親。兩家表面上團結和睦，而實際上各自心懷不滿。

　　李家喜歡種李樹，房前房後，漫山遍野都是李樹，到了成熟時就是樹枝壓斷了，也捨不得提一籃或摘幾個給陳家嘗嘗，還指桑罵槐說，對門陳家偷了他家的李子。

　　陳家又不是聽不懂話，為了和氣沒跟他一般見識。怪只怪自己為啥不栽樹。於是陳家房前屋後栽滿了橘樹。日復一日，年復一年，陳家的橘樹成林，果滿枝頭。

　　有天早晨，白霧茫茫，陳家男人吃了早飯去橘林，正好看見李家娃兒正用鋤頭勾橘子。但是他沒有發作，一直看到他吃夠了，又把荷包裝滿了才故意咳了一聲。

　　晚上，陳家男人提了一籃子橘子要給李家送去，女人伸手搶過來說：「我這橘子倒在河裡也不給他家，他罵人好傷心啊！」

　　男人說：「他不罵，我們現在有橘子嗎？讓他慢慢去想吧……」

　　李家收到橘子很不好意思地說：「這咋要得？我剛才還在教育孩子們不要去摘表叔的橘子呢。」

山娃

　　山娃從鄉里來，家裡窮，人家有錢到食堂打菜，他還是從家裡背來番薯、大米，獨自在寢室吃飯，菜是自家做的乾鹹菜。他沉默寡言，只念他的書。

　　他不喜歡與別的同學接觸，女同學一和他說話他臉就紅。越是這樣，越是有一個女同學要打擾他。女同學生長在大城市，爸爸媽媽都在銀行工作，有一個優越的家庭環境。這從小滋長了她倔強的性格，她什麼都不怕。正好她和山娃同桌，她經常去翻他的書包，說他的乾鹹菜特別好吃，還鬧著要到山裡去山娃家串門，吃乾鹹菜。她每次鬧著要去鄉下玩，山娃心裡都害怕，總找些藉口搪塞。

　　高中二年級了，山娃爸爸因病去世，他停學了，回鄉下種地。她傷心地哭了，娘問她哭啥，她只是搖頭。她鼓足勇氣給山娃寫信，可是這一封封充滿纏纏綿綿思念的信，卻總也沒有回音。

　　一個寒冬的早晨，大地還籠著一層薄薄的霧，她正準備上學去，突然，梧桐樹下有一張熟悉的臉，痴痴地望著她。這時她好激動啊！熱淚奪眶而出，不知山娃來了多久？不知他吃了飯沒有？為啥不敢進我家門……

　　山娃紅著臉說：「我是特意來告別的，我要到祖國最需要的地方去……」

　　她要山娃去家裡坐，山娃說：「來不及了，下午就要換軍裝出發。啊，這裡還有一包乾鹹菜。」

　　從此，他們把心裡要說的話寫在信上。

　　一天，她正在銀行上班，突然看到報紙上刊登著山娃抗洪救災，英勇獻身的消息，淚水不停地落在紙上，她簡直不相信自己的眼睛，懷疑是不是同名同姓。她不願意相信這一切，還在痴痴地寫信。

　　她始終難忘那張熟悉的臉，始終在盼著山娃的回信。

抉擇

深冬的早晨，大地籠起一層厚厚的霧。

一輛永久牌自行車在公路上奔馳，三哥從縣裡開會歸來，他一眼望見公路邊拉起了地基線，眉毛皺成了疙瘩。是誰這麼大的膽子，敢侵占耕地？

你說還有誰？還不是三嫂做出來的事。為什麼要背著三哥動工？實行計劃生育那年，三哥是生產隊長，自然要帶頭，三嫂剛懷上二胎，三哥開會後就主動到醫院做了節育手術。三嫂知道後狠狠地罵了他一頓，三哥也不發火，說：「頭胎生女，肚裡還有兒，還不滿意麼？」

誰知事與願違，剛到六個月，三嫂上坡背番薯跌了一跟頭，小產了。三嫂罵他「狠心賊」，氣了幾天也就算了。那時一個娃娃負擔輕，三嫂像個大姑娘，腳輕手快、勤儉持家，銀行也有了存款。三哥是個犟脾氣、死心眼，家裡事情一概不管，一心撲在事業上。清早出門，深夜歸家，有時幾天不歸屋。三嫂罵他說：「我這個屋白天是你的飯店，晚上是你的旅館，房子也破了！」

房子是該整修了，可就是地基難解決，三嫂說：「台上好辦事，台下求人難，房子修在公路邊開店能賺錢！」三哥說：「那是乾田，我不能帶頭侵占耕地，只要我一動工別人就會跟著來！」三嫂沒辦法，聽說他到縣裡開會，便背地裡興土動工。

「停！」三哥來了個急剎車。

「三哥！地基都安好啦！」他弟懇求地說。

「三哥，這兒不錯呀，你看，左青龍，右白虎，門外一座筆架山，出了文官出武官……」二癲子油嘴滑舌。

三哥早就知道這裡有預謀，斬釘截鐵地說：「拆！工錢我付。」

「修！錢我給。」不知啥時候三嫂聞風趕到。一個要拆，一個要修，針鋒相對，寸步不讓。三嫂耍橫說：「你要拆！咱們就離！」

「離就離！」三哥也火了。開始以為鬧著玩，誰知當真，三嫂前面走，三哥後面跟。誰也沒開腔，路上只有兩個人的腳步聲和喘息聲。

他們來到小河邊，卻不見渡船，也許是霧太大看不見。三嫂坐下來歇氣，突然她望著河裡那張討厭而熟悉的臉⋯⋯記得以前鄉上開團代會等船，也是這張熟悉的臉望著她，她也望著他笑。

坐了一會兒，三嫂沒趣地往回走，三哥說：「上車吧！」她忍了一下，車停了⋯⋯

霧散了，太陽照耀著山鄉，一輛永久牌自行車在公路上奔馳。

他與她

他和她是同學，在同一個村。

他家爸爸去世，媽媽多病，家境貧寒。他少言寡語，總是獨自一人。她家爸爸是幹部，媽媽守個代銷店，她畢業後媽媽叫她守櫃台。

他常到她那兒去買東西。每一次去付錢，她不是漏記就是少算。他總是真誠地說：「你再算算是不是錯了？」

她總是挺認真地說：「沒錯。我相信我的眼睛！」

怎麼她這樣？這不虧本嗎？那為啥生意又這麼紅火？他百思不得其解。不行，我是個團員，絕不能占便宜，以後就是賒東西，自己也要記個帳。

有一天，他老老實實去付錢，誰知她娘翻了幾遍帳本卻沒他的名字，她娘急了：「我簡直白送她讀了十幾年書……」

「大娘，莫急，我這兒記著呢！」她娘火了，把女兒叫來：「你……」

「娘！」她臉上泛起了從未有過的紅霞，屋裡出現了短暫的沉默……

新來的區委書記

換屆選舉即將開始，小張又向新來的區委書記打起小報告來。

「李書記！我想向你反映一個問題。」

「行，行行，你坐！」李書記很平易近人，邊招呼邊沏茶。

「去年我們文化站被評為縣先進，獎金一百塊，文化專幹卻私自把錢拿去買書，你說對不對？」

李書記聽著，沒有表態，讓他繼續講下去。小張喝了一口茶繼續說：

「獎金嘛，本該大家一起分享，他怎麼能夠擅自處理呢？還有，公家的相機他一個人使用……」

李書記還是沒表態，讓他說下去。

小張激動地說：「太自私自利了，還掙了不少稿費……」

等小張話說得差不多的時候，李書記不緊不慢地說：「用獎金買書咋說不好？學文化鑽技術有啥錯？總比吃一頓強嘛。」

停了一會兒，李書記問：「他到底一年能掙多少稿費？」

「至少幾百塊！」

「你說的這個屬實嗎？」

「我敢保證！」

「那你通知他本人來一趟……」

小張很高興，他帶著勝利的微笑，像實現了自己的偉大計劃似的，坐在籐椅上吐出一個十分滿意的煙圈。

正在他高興之時，突然上級文件通知那位文化專幹為下屆副鄉長的候選人，他大惑不解。

心計

二哥住城裡，是個生意人，很少回家。

有人說二哥有外遇，二嫂卻說：「你們別胡說，我家男人我心中有數。」

這話很快傳到了二哥那裡，二哥還嘿嘿笑。小舅子從城裡歸來告訴二嫂，說二哥心花了，二嫂沉著臉說：「你不要胡說，你哥不是那種人！」

當著別人面嘴硬，背地她收拾收拾進城了，果然二哥身邊有了一個搽脂抹粉的女人。二哥見了二嫂，像老鼠見了貓，發火說：

「要來不打個電話，走錯了路咋辦？」

二嫂笑嘻嘻說：「我自個兒送的你，咋會走錯路⋯⋯」二嫂見了那女人，不僅沒發火，還喊她「妹妹」，一個勁地給「妹妹」倒酒添菜，感謝「妹妹」的幫忙。弄得二哥無話可說。

周圍的人以為有戲看，誰知靜悄悄過了一夜，第二天清早二嫂就回鄉下去了。

小舅子說：「姐，你看見了吧？」

二嫂一本正經地說：「看見什麼了？你姐夫不是花花公子，不要在外面胡言亂語⋯⋯」

二哥終於硬著頭皮回來了，以為二嫂會罵他個狗血淋頭。可是她不吵不鬧，問他吃飯沒有，給他沏茶，找衣服⋯⋯又特地備了幾個好菜，買來一瓶高粱酒，桌上擺著一個粗碗和一個精緻的細碗，然後斟酒，二嫂問他，兩個碗裡的酒是不是一樣的，二哥半天才回過神來⋯⋯

情懷

　　鄉上新修的民辦中學要招聘兩名教師，待遇跟公辦的一樣。這件事，她不知在丈夫耳邊說了多少次，丈夫都沒吭聲，於是她決定親自去找李書記。

　　正巧李書記自己來了。她真是喜出望外，拿起菜刀爬上樓去選了一塊瘦臘肉，然後咯咯咯叫喚起雞來……李書記一來就和老支書談公事。

　　「今天我本想不來，但是我想到……」

　　「唉，難道你還不曉得我麼？有話儘管說吧！」

　　「我是你培養出來的，你培養我當了團支部書記，介紹我入了黨，後來又被提為鄉黨委書記……你是我的大恩人！」

　　老支書說：「這話你就說差了，這都是黨組織把你培養出來的嘛！大恩人是共產黨，哪能說是我呢？」

　　李書記紅著臉繼續說：「過去你是我的領導，現在我是你的上級，有許多事情難辦啊！」

　　老支書似懂非懂地說：「有什麼難辦？只要你堅持原則，辦事公道，誰敢不服？」

　　「這次鄉上新修一所民辦中學沒難住我，兩個教師卻把我難住了。王鄉長女兒要上，陳主任兒子也要上，黃區長也找我談話。但是，他們都是初中生……」

　　沉默……

　　她早已躲在屋角門後悄悄偷聽。她的心由鬆變緊，波瀾起伏……

　　接下來是老支書的聲音：「虧了你還是高中生，還不如我這個大老粗，現在不是時興招考麼？」

　　「那……」

　　「那什麼，擇優錄取呀！」

她哼的一聲將菜刀甩在桌上。手鬆了，公雞便從死亡線上獲得了新生。

　　這時李書記如釋重負，笑笑說：「老支書，感謝你對我的支持和理解，今天咱們好好喝一杯吧！」說著從口袋裡掏出了一瓶涪江大曲和一只又肥又大的五香雞。

　　酒杯相碰了，兩顆火熱的心緊緊交織在一起。

蘭花

西山的太陽快要落山了，低矮的小屋靜悄悄。

李老頭躺在床上，瞇著眼睛，滿臉的皺紋，像他即將走完的歲月。他期待著門外來人——蘭花。

蘭花因二嫁，名聲有些不好聽。她胖胖的身段，常常穿一件藍色底子白花朵的上衣，從小都很大方，一說一笑，脆生生的哈哈逗人樂，還敢和男人說髒話。村裡人說她是風流女子，背地裡有人罵她「爛花」。其實蘭花口快心直，最會體貼男人。她男人是個比她大十幾歲的又黑又瘦的莊稼漢子。

後來那漢子病了，蘭花拚命掙工錢，回家還要燒飯遞水，男人怕拖累她，四個二百五一吊，一根繩子套在頸上……後來村裡有人偏說蘭花一定是和別的男人好上了，蘭花氣不過，到重慶親戚家帶孩子，常常有一個撿破爛的李老頭路過門前，久而久之熟了，擺起龍門陣來，各家都有一本「戲」。李老頭離異，撿破爛供兒子讀書，兒子參加工作以後在城裡安了家，叫他不要撿破爛了，跟他一起住，兒媳婦嫌他撿破爛名聲不好聽，叫他回鄉下住，每月給他寄錢，李老漢傷了心，在城裡租了間破屋，仍然撿他的破爛……蘭花聽了眼淚長流，李老頭問她哭啥，她搖搖頭，心裡覺得他怪可憐的。

有一天突然有人捎來口信，說撿破爛的李老頭病了，想跟她說句話。蘭花來到床前，偷偷地流著淚：「你說嘛，我在這兒。」李老頭拉著蘭花的手輕輕說：「我……我想親個嘴……」據說人死之前凡有心願未達成，很難嚥下那口氣。

蘭花想了想，怪可憐的，親就親吧，免得他受罪。她慢慢把嘴對了上去……

李老頭指了指一件又黑又髒，補丁又補丁的衣服說：「我……我不行了……這裡邊的錢算我的一點心意。」

說完他閉上眼睛，心滿意足地離去了……

小河口的故事

　　清晨，一陣涼風吹來，薄霧慢慢散去，一輪金色的太陽冉冉升起。

　　小河口突然搭起了兩塊水泥板。是誰做了這件好事？趕市集來往過河的人們都要誇上幾句。就連王三嫂也逢人便說，應該登報表揚。

　　回家吃午飯時，王三嫂的男人從鄉政府開會歸來，王三嫂像哥倫布發現新大陸似的興奮地對男人說：「你知道不？不知道是誰在小河口搭了兩塊水泥板，真是做了件大好事，應該登報表揚！」

　　男人沒有開腔，像沒有這回事一樣。

　　晚上，社長來收電費，王三嫂去拿錢時，突然發現一百塊錢不翼而飛。她心裡嘀咕，莫非弄丟了？她正要翻箱倒櫃尋找，男人笑笑說：「錢，你就莫找了⋯⋯」

　　「你說啥？」

　　「你不是說要登報表揚嗎？我看就不必了！」

　　王三嫂半天才回過神來。

賣鼠藥的個體戶

　　街上來了個賣鼠藥的個體戶。有一天，一覺醒來，洪水已漲到河邊旅館。賣鼠藥的個體戶拿起平時，賣鼠藥的手提式擴音器滿街喊：「同志們！趕快搬！今晚要遭大水淹……」

　　他從下游到上游，邊走邊喊：「同志們聽我說，政府通知很準確，趕快搬家莫等待，大水來了走不脫。」

　　他一邊走一邊喊，家家戶戶忙著搬東西，有人譏笑他一天能掙多少錢，也有人問他當的什麼官，有的人問他是不是縣裡派來的，有的人說總比他賣鼠藥強吧……

　　這時洪水進了街頭，大街小巷只有幾個人了，他站在一塊木板上高喊：「同志們莫著急，老人兒童先上堤，貴重錢物先帶走，不要去管『西瓜皮』（小東西的意思）……」

　　洪水終於淹沒了街頭，全街人都轉移到安全地點，等大家再回頭尋找賣鼠藥的個體戶時，他卻無影無蹤了。

漩渦

男人是個木匠，擅長做各種家具，方圓幾十里無人不曉。他終年在外做手藝，每月都把錢如數寄回家。女人也不錯，不僅人很漂亮，也擅長種田、餵豬、養蠶，家庭收入可觀，而且她也不亂用錢，存摺上的數字也不斷增加，全家人日子過得十分甜蜜。

轉眼二十多年過去了，兒子已大學畢業分配了工作，交了女朋友。有一天父母親突然接到兒子的信，叫他們去參加婚禮。兒媳婦長啥樣兒，都沒見過，親家也沒見過，什麼情況一概不知，只聽兒子原來說過一句話：「爸！我個人的事你們就不必擔心了。」

不論兒媳婦長啥樣，遲早是要見面的。

火車剛到站，兒媳婦早已等候多時，一見兒媳婦，男人心頭像發生了地震，低頭沉思，這哪是兒媳婦，彷彿是兩姐弟。

兩家見面時，木匠和親家母呆若木雞，沉默不語。妻子莫名其妙，兒媳婦迷惑不解：

「娘，你們都認識？」

她娘哇的一聲哭了起來，木匠像犯了錯誤的罪人，向兒媳婦講起二十多年前的故事：

「那年我給她家做手藝，遇到天上下大雨，住在她家。她家只有兩娘母，她娘見我有手藝，無論如何要招郎上門，我看她待我很好，便同意了。可是我父母不同意，說我是黨員，她家是地主，要劃清階級路線呀。我表面上不同意，實際上我和她早已相好了，後來她懷了孕，父親以死來逼我，她不得已悄悄遠嫁了⋯⋯」

「娘，你說⋯⋯你說。」女兒說。

娘抹著淚，「他才是你爸！」

全家人泣不成聲，如晴天打雷，狂風驟雨，平靜的江水捲起了漩渦⋯⋯

遺產

　　他十六歲參軍，退伍轉業後便以單位為家。老婆去世多年，三個兒子在農村，已各自成家。

　　兒子們很少進城去看他，他因為歲數大了，隔家又遠又不通車，也很少去看兒子們。有人說他工作幾十年，恐怕存了許多錢。到底有多少錢？誰也說不清。有人透露他有一口小木箱，被他視如珍寶。

　　臨死前，他把小木箱放在身旁。對單位領導說：「如果我死了，把這口小木箱交給組織，這是我唯一的遺產。」

　　領導苦苦勸他，還是把遺產給他的兒子們，他堅決地搖頭。據說，有人去掂了掂這口小木箱，份量還不輕呢。

　　對他的死與不死，大家似乎還不是十分關心。反正人活百歲都是要死的。大家關心的是那口小木箱，它成了人們談論的中心。有人說按照財產繼承權應屬子女，也有人說他的三個兒子都沒有贍養老人，受之有愧。

　　話雖這麼說，三個兒子接到父親病危的消息後，還是連夜趕進城來了。老大要求安排工作，老二要求農轉非（從農業人口轉為非農業人口），老幺想得實惠，硬要父親的遺產。哭哭嚷嚷，吵吵鬧鬧，亂成一團，在他們的爭吵中，父親含淚而別。

　　遺產該如何處理？老幺說：「誰也不能分，開初都是經過自己選擇的，你們去接班和『轉非』吧！」

　　老大說：「父親只生了你一人麼？遺產應該大家分。」

　　老二說：「一個人想獨吞是擺不平的，必須平分。」

　　老幺火了，啪的一聲把小木箱打爛。

　　兄弟三人見了，不禁目瞪口呆：馬列和毛主席著作撒了一地⋯⋯

校園春風

　　校園裡春風吹拂，春意盎然。三個教師家屬，在校園裡議論著。

　　「喂，聽說張校長要調啦！」

　　「難怪，前幾天他家就在搬東西騰寢室喲！」

　　胖大嫂眨著眼神秘地說：「咳，你們都不知道，只有我才清楚！」

　　「快說說吧！胖大嫂。」另外兩個女人推著她的肩頭說。

　　胖大嫂像個新聞廣播員似的，一字一句地說：「自從學了黨的十三大文件後，我校經研究決定開辦一個麵包廠，但鑒於房屋困難，我們張校長把自己寢室讓出來給學校辦廠……」

　　「算囉，人家又不是傻包，拿自己寢室為公家辦廠？」

　　「你懂個屁！這叫有了廟子才好安和尚嘛！」

　　「啊！他老婆是農村的呢！」

　　果然，學校開會了，幾個家屬悄悄去打聽，透過窗簾，只見張校長精神振奮、慷慨激昂地說：「透過學習十三大文件，結合我校的具體情況，學校黨支部經過反覆討論，決定開辦一個麵包廠，一來增加收入，二來方便學生，三來可以解決教師家屬的就業問題，本來這廠只能上三個人……」張校長說到這裡，深深地吸了一口氣，環視著全場。

　　三個女人在窗外又低聲地議論開了：「聽見了嗎？上三個！」

　　「校長一個，兩個主任各一個，不剛好三個麼？」

　　「噓！別嚷，聽他咋安排。」

　　張校長的話還沒講完，會場就爆發出一陣熱烈的掌聲，緊接著窗外咚的一聲巨響！原來三個女人聽到校長的安排激動得跌在陰溝裡。張校長走到窗口一看，忙熱情地招呼：

「哦,原來是你們呀,快請進屋坐吧,我正準備找你們徵求意見,請你們來辦麵包廠,有什麼意見嗎?」

校園裡吹起一股春風,三個教師的家屬感到分外溫暖!

山溝裡的笑聲

冬天夜長，三哥和三嫂在床上聽收音機裡放的《駝子回門》，忽然有人敲門。

「三嫂，這麼早就休息呀！」單身漢二癩子想來聽戲。

「逗得你心慌啦？」

誰不知道三嫂是個風流人物。她故意亮起嗓門，三哥忙開門，一串脆生生的哈哈飛出窗外，似乎打破了山裡的寂寞，在歡樂的笑聲中，三哥猛然望著明亮的電燈發愣。

十年前，家裡窮得響叮噹，三嫂生娃娃正遇上缺煤油，摸黑剪臍帶，娃娃得了破傷風死了。三嫂哭了好幾天，三哥說：「你哭啥？我就不信照不上電燈？」

「你要是有錢照電燈，老娘手心煎豆腐給你吃。」

三嫂的話不是沒有道理，這山高溝狹的地方有啥辦法？

「地多著呢。」三哥說。

「地多又咋個？除了鍋巴沒有飯了，人家都出門掙大錢囉！」三嫂說。

三哥沒有開腔，去年引進良種花生，賣了幾千塊，全社在他的帶動下，哪家不是大倉穀子小倉米？哪家花生不是上千斤？生意客說：「走，到乾溝灣買花生去！」於是就有一挑挑花生擔出村口，一車車花生運往縣外。

說聲通電，一沓沓鈔票往桌上丟。

「電燈亮了！電燈亮啦！」山溝響起了一片歡呼聲，比逢年過節、嫁女娶媳婦還高興。從此，山溝裡撒滿了永遠不落的星星。

三哥說：「快用手煎豆腐給我吃呀！」

月夜

　　月夜，人們各自守在家門口，希望大水退去，可洪水老是一反一覆。大家都守著自己的家捨不得離開。

　　老支書觀月色、看風向，又從東到西察看水勢，他估計下半夜水還會猛漲，後果不堪設想。

　　老支書頭上戴頂爛草帽，一手提燈，一手拄個棍子，挨家挨戶動員撤離。婆娘、兒女說：

　　「你退都退了，還管閒事幹啥？」老支書說：「誰說我退了？村主任不在家，非常時期，共產黨員就要發揮作用。」

　　老支書挨家挨戶敲門。別人背地裡譏笑他：「羞死了，官癮還沒過夠……」

　　老支書像戰場上的指揮官：「快！全部給我搬。」那語氣像下命令。

　　「老支書你吃多了？人家頭兒沒下話哪個聽你的？」

　　老支書鼓著牛眼睛：「今天聽我的，錯了我負責。」

　　男男女女、老老少少，提著簡易的包袱，依依不捨地離開家門，慢慢朝橋頭移動。

　　老支書說：「大家不要慌張，依次排隊，一個一個走過去，黨員排在最後。」

　　洪水越來越猛，小船緊張地朝岸邊划去。

　　兒子拉著新媳婦的手，往前面擠。大家看見是老支書的兒子，誰也沒有說話。老支書說：「排後面去！」

　　兒子說：「我不是黨員為啥要排後面去？」

　　「你是黨員的兒子，也要到後面去！」

　　兒子雖然不情願，但還是到後面去了。

當最後一批群眾上船撤離後，老支書這才喘了口氣。這時，全村已成一片汪洋……

路娃

　　來過民主村的人都知道「路娃」。實際上他哪裡姓路，只是他和路有緣。

　　路娃叫周繼烈，他的成長過程像一條曲折的路，他發家致富也和路有密切的聯繫。

　　他母親早逝，父親娶了個後娘。這在他幼小的心靈深處留下了深深的創傷。這位從小失去母愛的孩子常常在路上玩耍，偶爾看見一輛拖拉機開過也要追出去很遠很遠。

　　父親常年身體不太好，又忙於工作，常常管不到他。後娘也管不住這頭「烈牛」，唯一的辦法就是把他交給老師，關進「牛圈」裡去。老師看著這有著黝黑的皮膚、近乎野蠻的孩子說：「我就不信你不依路。」可是這並非是那麼容易的事情。從小學到高中，他不知和同學打過多少次架，老師說：「我寧願教十個其他學生也不願教他一個。」校長說：「調皮的學生不一定沒有出息，耐心點吧！」

　　他高中畢業那年父親就去世了，這時的路娃黑黑的臉上留著八字鬍，望著破爛不堪的小屋痛哭了一場，看來，今後腳下的路只有靠他自己去走了。

　　農業社實行體制改革，有台爛柴油機無人要，他借了一百五十元買了回來。可是買回來後總是不能啟動。於是他便拆了又裝，裝了又拆，零件擺滿一地，實在沒辦法，他就去請農機站長周緒成幫忙。周緒成看這娃還真可以，就幫他想辦法，配零件，使這台柴油機死灰復燃了，也使路娃燃起了希望之火。

　　一年下來，路娃靠這台柴油機賺了四百元，這使他第一次認識到了自己的價值。他決心將這四百元派上用場，龍形、民主兩個村鎮地處平壩，主產水稻，是個發展養鴨的好地方，他初步論證了一下，一隻鴨要多少成本，一年產多少蛋，賺多少錢，預計養鴨能脫貧致富。

可是任何事情都不是想像的那麼容易，一場鴨瘟，使他投進去的幾百元化為泡影，他坐在田邊大哭了一場。夜，寂靜無聲，只有星星眨著眼睛。平時這位爭強好勝的「烈牛」，此時在夜風中默默地哭泣。

守業不易創業難。「失敗是成功之母」這句話又在他腦子裡迴響。一個偶然的機會，路邊停放著一台手扶拖拉機要賣，路娃問對方多少錢，對方伸出一根手指要一千元，那時的一千元在農村不是個小數目，哪裡去找？他給信用社的領導說貸款買拖拉機的事，信用社的領導全都不同意，都擔心他開車出事。好在農機站長周緒成幫了忙，貸款一千元把這台拖拉機買下來了，並送路娃去培訓。

當路娃第一次握方向盤的時候，他心裡是多麼激動啊！小時候追拖拉機被別人一頓臭罵多丟面子！現在我做了主人，不論誰搭車我都停。誰知車的承重是有限的，一切意外都是發生在大意之中。正當他賺了幾千元準備買一部農用汽車時，拖拉機翻了，撞傷了三個人，錢又用得寥寥無幾。

他深深感到創業的艱難，前進的道路是那麼曲折坎坷，於是他把拖拉機賣掉，又貸款兩千元買了一台小型農用車，他不僅給別人拉貨，自己也學著做生意。一年下來，果然發了，還了貸款不算，還淨賺一台農用小汽車。一天，他正要去城裡，路上一個衣著漂亮的姑娘搭他的車進城去，一問才知道她叫唐素瓊。一次，兩次……他們相愛了，「烈牛」有了拴馬樁了，錢也存得住了。

小倆口有了錢就在路邊修了一幢樓房，有餐廳、旅店，總投資十多萬元。

現在的路娃不是從前的路娃了，他從彎彎曲曲的小路里闖出了一條金光大道，他從一窮二白走上了富裕之路。

書記買單

王家村這些年大力發展鄉鎮企業發了財，是全鄉最富裕的村，每年到了春節，都要請鎮上的領導和駐村幹部開個總結會，實際上是請大家過個年。凡是開會的，每個人都有一個小小的紅包。

可是新當選的黨支部書記今年變了主意。

新當選的黨支部書記姓李，外號「李大砲」，是因公傷致殘享受定補的退伍軍人，資格比黨委書記還老，敢說敢幹，堅持正義，辦事公道。快過年的時候大家在討論方案，村文書把參會人員名單給他看，他頓時火冒三丈：「咱們掙個錢不容易，不能坐排排吃果果，大家都伸手，凡是平時沒有來的一律不請，有的人既不給企業排憂解難，也不為群眾辦事，憑什麼請他？」

他拿起筆就把紙上那些沒幹事的人的名字統統劃掉了。村主任是個老同志，他不緊不慢地說：「這樣好嗎？會不會得罪人？」村文書也在一邊附和：「多個朋友多條路，還是都請吧！」

李大砲把衣袖一挽：「和尚多了不幹事，艄公多了打爛船。大家想一下，哪些領導為咱們解決了問題？哪些駐村幹部為咱們做了事？今年我要改變過去的做法，要實行論功行賞。」

他這一說，大家就爭先恐後發言，大家實事求是地說：「鎮上的老書記幫咱們解決了一些具體困難，幹事小李卻很少下村來。」結果名單上的人比往年少了一大半，去年四十個人，今年還不足二十個人。

吃午飯時，老書記端起酒杯回敬大家，才發現沒見幹事小李，問小李哪兒去了。

李大砲皺著眉頭說：「快給小李打個電話。」小李接到電話說另有安排。老書記說：「你就說我叫他來。」

果然小李騎了輛摩托很快就到了，老書記一邊給小李倒酒，一邊說：「辦公室事情多，你的工作做得很不錯。」

書記買單

李大砲想：既然小李沒時間下村，為啥不安排其他同志？

因為是過年，他又把想說的話吞了回去，硬要和小李喝一杯，小李從不喝酒，但又不得不喝，一杯酒下肚，臉紅得像關公。小李藉口解手就出去了。

最後村主任和村文書去結算時，老闆娘說，小李已經買了單。李大砲說：「不行不行！人家一個月才幾個錢，快把錢給小李。」老書記拍了拍李大砲的肩膀說：「小李平時沒有下鄉，既然他已經買了單，我看就算了吧！」

第二天上班的時候，老書記叫小李到辦公室來一趟，硬把錢塞到小李手裡說：「怎麼能讓你買單呢？我的工資比你高一倍……」

假鈔

　　小張剛剛下班回來，看見老婆一聲不響地坐在椅子上生悶氣。問了半天才說收到一百塊假錢。

　　「你他媽的真是個大笨蛋，拿給我看看。」小張跨出門就往農貿市場去了。買點啥呢？家裡啥都不缺，啊，天氣熱了，去給兒子買張涼蓆。賣涼蓆的也是個傻瓜，看也沒看清楚就把錢收了。

　　小張高興極了，接過涼蓆就往家裡跑，賣涼蓆的是個女老闆，抬頭看見有個挎包，是剛才買涼蓆的沒有拿起走，急著喊：「大哥，你回來。」小張以為女老闆追來了，越喊得凶他越跑得快，眨個眼睛就不見了。話沒說完，生意又來了，兩個買涼蓆的問價錢，打了個岔，哪裡還找得到人。

　　小張輕而易舉地把一百塊假錢用脫了，心裡高興極了，回家來津津有味地把經過給老婆說了一遍，得意忘形地拿起酒杯就是一口乾，咳，今天太高興了。可是老婆卻高興不起來，她後悔不該告訴小張，該把假錢撕了。

　　賣涼蓆的女老闆以為那個買涼蓆的小張一會兒會來拿挎包，結果路燈都亮了還沒來，女老闆就著急起來，只好提著挎包去找居委會，打開挎包，裡面還有好幾百元現金，銀行卡以及小張的身份證。

　　小張正在喝酒，門外突然有人敲門：「這是小張的家嗎？」小張做賊心虛，害怕那賣涼蓆的女老闆找上門來，死不承認是自己的家。「同志，你搞錯了，這不是小張的家。」

　　賣涼蓆的女老闆越是找不到失主就越著急，她又往派出所跑，透過檢查核實，派出所的民警也感到奇怪，丟了挎包的人居然不敢承認，莫非有問題？

　　派出所的民警為了搞個水落石出只好走一趟，問：「這是小張家嗎？我們是查戶口的。」小張喝醉了，老婆去開門，一眼看見是派出所的民警，以為小張的假錢被發現了，正要說啥，民警把小張的挎包往面前一亮：「這是你家的嗎？」女老闆急忙把剛才小張買涼蓆的事說了一遍。

　　「大姐，你上當了，我丈夫買涼蓆的那一百元是假錢。」

女老闆說：「你錯了，我做這麼多年的生意哪會認不出假錢呢！」

遲到的春天：周作汝短篇小說集

田二妹的幸福生活

　　秋天下了一場雨，地上濕淋淋的，即將枯萎的小草重新抬起頭來，葉尖上頂著露珠，田裡的稻子黃燦燦的，田二妹正在坡上放牛，一輛摩托車突然進了院壩：「田二妹快來簽個字，你兒子考上北大了。」郵遞員喊田二妹簽字。

　　田二妹傻乎乎地笑：「我不會寫字，找他去吧！他在賣肉。」他是誰？指的是田二妹的丈夫游屠夫。

　　兒子高考後就和老師一起旅遊去了，既然有老師也就不必擔心了。田二妹啥都不會做，只會放牛。因為到處是草，不用操心，只管牽著牛鼻子上坡，牛兒甩著尾巴慢慢地跟著她走，她走哪兒牛兒走哪兒，乖乖的。

　　田二妹小時候生了一場怪病，後來就發胖了，讀不得書，也不愛說話。於是爹就叫她放牛，牛兒大了，田二妹長高了。因為沒下田栽秧打穀，皮膚很白，像奶油蛋糕，臉上一點斑也沒有，見了人總是傻愣愣地笑，從不說人長論人短，這樣單純的姑娘當然還是逗人愛的。村裡有個大學生竟然愛上了她，他父母好不容易把兒子培養成才，聽說要娶傻乎乎的田二妹，一百個不同意。過了一些日子，聽說大學生教書去了。

　　鄰村王婆提親，說游屠夫人高馬大，勤勞會掙錢，全家三個兄弟中就有兩個光棍，不圖別的，望繼後生個兒子。田二妹的娘說：「我不圖人家錢財，只要對我女兒好。」、「你一百個放心，一千個放心。」王婆問游屠夫做得到不，游屠夫點點頭。街上的姑娘說起游屠夫都癟嘴，不是他人不好，是他的膚色像非洲人，四十歲出頭了還未成親。他娘許諾誰要是和她兒子成親，保證不讓她吃苦。

　　在女人堆裡，人家有擺不完的龍門陣，而田二妹只是在一旁傻乎乎地笑，叫她幹啥就幹啥，人家和她說話放心，她從不翻空話，挑是非，都說田二妹乖。嫁到游家還不到一年，她就給游家生了一個白白胖胖的兒子。一家人高興極了，孩子做滿月酒，所有的親戚朋友都來了。

說來也巧，田二妹的兒子讀書報名時，恰好遇上那個大學生，他也怪稀奇的，對田二妹的兒子像帶自己兒子似的，有時還給孩子買衣服，輔導作業。有一回兒子沒回家，游屠夫滿街找遍了，結果發現在那個大學生的家裡，氣得跺腳，罵田二妹一定是與大學生有染，隨便游屠夫咋拷問，田二妹只是傻乎乎地笑，不解釋，游屠夫只好喝悶酒，醉了就發脾氣，罵田二妹不規矩。田二妹仍然傻笑模樣，並不與他鬥。兒子讀書成績越來越好，人常說聰明有種，富貴有根，兒子一定是那個大學生的種。

　　一天，游屠夫喝醉了，人家譏笑他，他提把白亮亮的殺豬刀找那個大學生算帳，派出所的人把他攔住：「游屠夫，不能蠻幹，要認上理來，現在科學發達，只要化驗一下就會有結果。」游屠夫覺得在理，悄悄和兒子到醫院化驗，結果 DNA 完全一致。

　　游屠夫覺得很慚愧，提了一坨肉給那個大學生道歉，大學生卻無蹤影了，有個老師說他被調到很遠很遠的地方去了。

汪老大的日子

　　有人說做人難，人活著要吃飯，衣食住行、油鹽柴米八件事，樣樣都不能少。吃飯是第一件大事，民以食為天，每天米要下鍋，總得想辦法掙錢買米。

　　小鎮上有個汪老大，以前靠老婆吃飯。國有企業改革以後，老婆領了一筆退職費待在家裡守清閒。全家人就像坐在一塊青石板上，天上不落地上不生，男人只好想辦法掙錢買米。

　　有人說汪老大沒文化好，不挑肥選瘦，髒活、苦活都幹。男人羨慕汪老大有個漂亮的老婆，女人羨慕他老婆有一個好丈夫給家裡掙錢。

　　那年夏天，大家都在屋裡乘涼吹電扇，白生生的老婆在階沿上打麻將，有人帶口信說，場口邊有輛貨車壞了叫汪老大推車，汪老大正在屋裡洗碗，他望望天，說：

　　「太陽像要把人烤乾似的，涼快點再去！」老婆破口大罵：「你龜兒子去不去？等天涼了車就修好了，還有你的活幹嘛？」

　　「是是是，我去！」

　　汪老大光著上身，穿條短褲去推車，司機叫他先守著車，他到城裡買零件，誰知一直到太陽落山，天氣涼快了司機才回來，司機順手從荷包裡掏了十塊錢給汪老大。回家後，他向老婆交了十塊錢，老婆很生氣：「龜兒子才這點錢？你把錢玩小姐了是不是？」

　　有天夜裡大橋下面死了一個人，等著公安局派人驗屍。在未驗之前，要找人守屍，大家自然推薦汪老大。汪老大去了，只聽公安人員的招呼，叫他幹啥就幹啥，一直等驗完屍，來車把屍體拉到火葬場為止。汪老大回家吃飯，老婆正坐在逍遙椅上看電視，嘴裡還在吃瓜子。她問：「錢呢？沒錢買米了。」

　　汪老大剛吃了一口飯，這才想起忘了問公安局的人拿錢。現在他哪還吃得下飯，趕緊去找公安人員要錢。他好不容易找到驗屍的那兩個公安人員，「我的錢呢？」驗屍的公安人員莫名其妙：「你要什麼錢？是不是有病？」

公安局局長和汪老大是老感情，凡這些事都離不開汪老大。他笑著說：

「我們是執法的，那只是我們的工作職責，誰喊你來的就找誰。」

「誰喊我來的？大家喊我來的，有張主任、陳書記、王二嫂、李大娘，還有你……」汪老大有些急了。

局長說：「我也知道你家裡困難，哪回我叫你幹活沒付工錢？這事你得去問問政府，到底誰叫你去守屍的……」

汪老大去找張主任，張主任說：「老汪呀！我說你不長腦殼，橋下死了人擺在那兒，大家都知道，我也去了，你也去了，都希望早點把屍體拉起走，孩子讀書怕往橋上過……要找你應該找弄屍體的人。」

汪老大趕到火葬場時，那兒一個人也沒有。

從那以後，汪老大變得聰明起來了。

下了班，政府來了個外來的精神病人，披頭散髮，衣服東一塊西一塊，身上吊滿了塑料瓶子。他一路走，一群孩子跟在他後面取樂，看稀奇。他說要見書記，他還揚言要在政府過夜，手裡拿著磚頭準備砸政府的大門。

幹事是新來的，束手無策，叫派出所出面，派出所的幹警辦案去了，叫找汪老大，把癲子弄走。

汪老大問給多少錢，幹事想了想給包煙吧。

「具體給多少？」、「二十塊。」

汪老大想了想，和那天守車相比划算多了，於是從家裡拿根扁擔過來，說：「你走不走，老子金箍棒來了。」

癲子也怕惡人，果然被趕走了。汪老大把錢拿回家，老婆臉上有了笑容。

剛回家不久，有人叫汪老大快去，癲子又來了。汪老大很高興，滿以為二十塊錢又到手了。幹事卻說：

「汪老大，做事必須負責，你在這兒蹲著，不允許癲子再來，要不你就把錢退回來，我另外找人。」

天快黑了，汪老大一陣威脅，把癲子趕走了，準備回家。幹事推了推眼鏡說：「你可不能走，萬一他又來了呢？」

　　是呀，就怕萬一，萬一他再回來，幹事就要找我退錢，錢到老婆手，就像老虎口，難啊！

　　那一夜，汪老大一直沒心思睡覺，老是擔心癲子會來，睡著了老是做夢，彷彿那個癲子又來了，而且他很凶，一隻手拿著一塊磚頭，朝政府大門衝來，汪老大舉起扁擔威脅，用力朝他砍去，雙手打在老婆的身上才醒來。

　　汪老大正說繼續安安靜靜睡一會兒，幹事帶信叫他快去，癲子又來了……

阿姐的故事

　　那天早晨，阿姐在街上散步，抬頭望見受補助的名單上沒有自己的名字，她很氣憤，覺得不公平，人家能受補助，她為啥不能受補助？她大吵大鬧罵了一條街，非找居委會拿到補助不可。

　　阿姐收拾打扮一番，牽起小狗向居委會走去：「走！小狗，咱們找主任去！」小狗抬起頭望了眼沒有開腔，搖著尾巴就跟著去了。

　　阿姐曾經是肉類聯合加工廠的工人，下崗以後丈夫幫人開托兒車，每月一千八百塊，女兒在讀重點中學，今年就快畢業了，一家三口人，就指望丈夫那一千八百塊，要說不夠用也確實不夠用，要說困難也確實有點困難！但是和別的人相比還是要好得多，不過確實有幾個比她處境好的也受到了補助，所以她不服氣。

　　居委會主任是個老同志，一眼見她來了就喊她坐，給她倒水，知道她是來找麻煩的，於是就開門見山給她說明：「阿姐，實在對不起，你受補助的事沒透過⋯⋯」

　　阿姐說：「人家都能拿補助我為啥不行？隔壁的王二嫂家兩個人都在上班為啥還拿上了？」

　　居委會主任也不發火，耐心解釋道：「隔壁王二嫂兩口兒每天上半天班，全家人加起來一個月的總收入還不足一千兩百塊。」阿姐手裡抱著小狗，纖細的手指上戴著金戒指，居委會主任望著她的手說：「實在對不起，請理解。」

　　阿姐站起來說：「走，咱們去找區政府。」居委會主任說：「莫說區政府，你找市政府都不行。」

　　居委會主任火了，阿姐更不服氣，穿金戴銀，牽著小狗從街道辦事處又來到了區政府。門衛問她找誰，她說要補助，門衛說要補助去找民政局，不讓她進去。

遲到的春天：周作汝短篇小說集

　　來到民政局，辦事的是個年輕人，頂多不過二十五歲，開始以為阿姐是哪位幹部的家屬，結果是來要補助的富太太，他剮了一眼說：「你丈夫是傷殘軍人？」阿姐說：「我丈夫是開托兒車的。」

　　那年輕人又問：「你爸是老紅軍？」阿姐說：「我爸是某公司的經理。」

　　那年輕人直截了當地說：「你拿補助，不符合條件。」

　　「為啥不符合條件？」阿姐以為像對居委會主任那樣就可以了，誰知民政局的年輕人不吃那一套，說：

　　「你不能受補助，就是不能。」那位年輕人態度很明確。

　　「走，找區長去！」阿姐還是不服。

　　民政局的年輕人更火了：「莫說你找區長，就是找市長都不行！」

　　正說著，門口來了許多人，其中有個穿西服打領帶的大漢笑瞇瞇地走了過來，後面還有人扛著攝像機。原來是一名分管民政的副市長下來搞調查研究。副市長看她那副模樣以為是和丈夫吵了架鬧離婚的，於是微笑著問她：

　　「你有什麼事，大膽地說出來我們聽聽，看我今天能不能幫你解決。」

　　等阿姐把話說完了，副市長又問了問民政局的年輕人，最後揚揚手說：

　　「受補助要符合條件，不是人人都能拿到補助，看你的打扮，家裡還不錯嘛！」

　　阿姐像對待民政局年輕人那樣大吵大鬧質問副市長，誰知旁邊的秘書說：

　　「你不是要見市長嗎？市長已經答覆了，如果你再不聽就把你錄下來，讓大家看看。」

　　阿姐嚇得牽起小狗飛也似的跑了。

汪局長的逸聞

上午九點鐘，汪局長剛剛跨進辦公室，電話就響了。

「早不來遲不來，我來了電話就來了！」拿起電話後手就在抖，他抖啥？說是區紀委書記要找他談話。

他心跳加快了一陣子，過了一會兒才鎮靜下來，叫紀檢組組長到辦公室來一下。紀檢組組長是從婦女主任提上來的，問汪局長找她幹啥，汪局長說準備材料，區紀委書記要來檢查工作。

紀檢組組長說：「汪局長，我初來乍到，還是勞駕你吧！」

汪局長皺著眉頭，心裡很不高興地說：「好好好！你去吧！」

紀檢組組長剛要跨出門口，汪局長又把她叫住了：「接待任務就交給你了啊！」

「你放心！」說起接待工作她是久經沙場的老手了。

紀檢組組長又要跨出門口，這時又來了一個女的，大概有二十多歲，穿一件花布裙，用左手按著大肚子不慌不忙、大搖大擺地朝汪局長辦公室走來，汪局長丈二金剛摸不著頭腦，想擺擺手叫她出去，但又覺得好像在哪見過，似熟非熟。

問她有啥事，那少婦不慌不忙地說：「哎！汪局長，你這就把我忘了呀！無事不登三寶殿……」

「有啥事？」汪局長說。

她微微一笑，按著自己的肚皮說：「很長時間你都沒來看我了，是把我忘了吧。但是我可沒有忘記你啊！」

說完她像在自己家裡似的，一屁股坐在沙發上不走了。那少婦越是不走，汪局長越是著急，臘月裡頭上冒大汗。

「你到底想要幹什麼？」少婦說：「不幹什麼，我是來找你商量，咱們的孩子……」

這時汪局長頭腦亂哄哄的，尤其是說到孩子，腦殼都大了。見他媽的鬼喲，真是冤家遇對頭。汪局長今天簡直被搞昏了，他自己也對自己懷疑起來，到底碰沒碰過這女人他也記不得了，真是黃泥巴滾褲襠，不是屎也是屎，跳進黃河也洗不清了，乾脆來個快刀斬亂麻，把她早點打發走。於是，他把剛剛領來的三千多元工資掏出來丟在桌上：「快走吧！求你趕快走……」

那少婦把錢數了數：「就這點錢啦，我可不好辦啊！」汪局長盡量壓著火：「求求你了，姑奶奶，今天我有事……」

那少婦說：「好吧，那我改日再來……」汪局長呸了一聲，重重吐了一口口水，無可奈何地望著那少婦遠去。

眼看快到十二點了，區紀委書記還沒來，汪局長擔心起來，是不是那少婦跑到紀委去了？他立即撥通電話，問區紀委書記來沒來。辦公室的同志覺得很奇怪，區紀委書記早就到市裡開會去了，沒有聽說他要來呀！

汪局長說：「是我親自接的電話，不是一位女同志打來的嗎？」

辦公室幹事說：「我們這裡就只有一個女同志，不過早退休了。」

「他媽的，老子今天上當了。」但是這件事上了當，又不好對別人說，吃了啞巴虧，而且還不好向老婆交代。

汪局長回到家裡時，太陽已經落山了，老婆劈頭就問他的工資呢？

汪局長說：「金融危機，財政困難，恐怕還有幾天……」汪局長還沒說完，老婆就大發脾氣了。

「你沒有領工資？你把錢到底拿給哪個小姐了？你以為我不曉得……」眼看要大動干戈了，那位少婦從屋裡鑽了出來……

汪局長方才明白上了老婆的當。

牢騷話

　　我剛到辦公室，外面就好像突然吹來一股風，一個四十多歲的女人不打招呼就跨進門了，大眼睛，高鼻樑，衣服穿得緊緊紮紮，跨進門就和我大聲說話，聲音洪亮，精神抖擻，說話也直來直往。

　　「我丈夫有三個姐姐，一個哥哥，丈夫排行老么，咱就算是么兒媳婦吧！」她一邊說一邊笑，你說她是訴苦吧，又好像很快樂。我讓她接著往下說。

　　「丈夫他爹已過世，婆婆今年都八十多歲了，哥哥長期在外，三個姐姐出嫁，婆婆和我們住在一起，大病大家攤，小病我負擔。弟兄姐妹，從不說空話，該忍的忍，該讓的讓，一家人過去點、過來點沒關係，和氣生財。人在生活中哪能沒有矛盾，咱兩口子就有矛盾。比如說吧，丈夫是村黨支部書記，外面說起來好聽，大小是個官，其實對家裡來說，並沒有多大的幫助。我要殺豬賣肉，走村串戶，早起晚睡，風裡來雨裡去，屋裡還有幾個人的莊稼，春種秋收，栽秧打穀，樣樣離不開人，回家來還要燒火做飯，一年三百六十五天沒有閒著的。他倒好，碗筷一丟就出門，深更半夜才回家。好像我這個家就是他白吃白喝的飯店，不拿錢的旅館。他一年四季都在外面跑，不是搞新農村建設，就是開發徵地，都是「順便」，城鄉居民保險，人口普查……很少幫家裡做點事。別人以為他拿了好多錢回家，其實他不找我拿錢就不錯了。有時找我拿錢，不給吧，又怕掃了他的面子。說起來，當村黨支部書記每月有七百多塊錢，可是出門上下、趕市集往來都要花錢，一天一包煙，一個月就是幾百塊，有時三朋四友聚一聚，喝杯小酒，就三下五除二。記得是2009年8月，我一早到三千灣去買肥豬，突然下大雨，一直等到天黑了才停，回到家時全身都濕透了，午飯也沒吃。丈夫抗洪搶險，檢查各社有無地質災害，叫我送傘去，哪有時間送傘呢？他走回家來看到冷鍋冷灶的，很冒火。你累我不累喲？在節骨眼上我就讓著點，過去就好了。我和丈夫一起生活了這麼多年，把他的脾氣也摸透了，他強我就弱，受點委屈也沒關係。第二天中午吃飯，他嬉皮笑臉地說：『老婆你辛苦了，我敬你一杯！』」

遲到的春天：周作汝短篇小說集

　　她一邊笑一邊說：「女人是男人的膽，男人是女人的臉。幹部家屬也要帶個好頭！做個好榜樣！」

豔福

　　梨樹開花時節，人們起得早，張二嫂逢人便問：「你看見張二哥沒有？」這幾天正是春暖花開的時候，區裡在搞梨花節，人山人海的。

　　「是不是『採花』去了喲？」

　　「你胡說。」

　　張二哥是個老實人，平時很少出門。人家說張二哥「採花」，誰也不肯信。平時，張二哥像頭牛，不是下地幹活，就是在家養豬，外面的事都是張二嫂拋頭露面，張二哥態度好，任勞任怨，做他的事，幹他的活，閒事少管走路伸展，有空就坐在電視機前看電視。

　　那天，張二嫂上街趕集去了。表親串門，叫張二哥去趕集，張二哥笑笑說：「表嫂不在家哪裡走得出門。」

　　表親不聽解釋非要他去不可，兩人好久沒見了，來到路邊小店開口就叫老闆娘拿酒來，邊喝酒邊吹牛，你說我怕老婆，我說你怕老婆，誰也不服輸，把老闆娘都逗樂了。本來喝得都左腳靠右腳了，表親硬要張二哥去看梨花，還沒跨出門口腳就不穩，表親忙把張二哥扶在沙發上休息。

　　正說著，表親婆娘來電話：「快回來，我的腳崴了，好痛。」他拜託小店老闆娘看著張二哥，就急忙往家趕。

　　老闆娘以為過一會兒張二哥就會醒來，誰知太陽落山了他還不清醒的支支吾吾說胡話，老闆娘趕忙找人請醫生來看看，醫生說沒事，過會兒就會醒來，藥也沒開就走了。

　　且說表親回來時，見張二哥睡在沙發上，身上還蓋著一床新鋪蓋，他硬說張二哥豔福不淺。

國家圖書館出版品預行編目（CIP）資料

遲到的春天：周作汝短篇小說集 / 周汝國 著.
-- 第一版. -- 臺北市：崧燁文化，2019.09
　　面；　公分

POD 版

ISBN 978-957-681-863-9(平裝)

857.63　　　　　　　　　　　　　　108009070

書　　名：遲到的春天：周作汝短篇小說集
作　　者：周汝國 著
發 行 人：黃振庭
出 版 者：崧燁文化事業有限公司
發 行 者：崧燁文化事業有限公司
E - m a i l：sonbookservice@gmail.com
粉 絲 頁：　　　　網　址：
地　　址：台北市中正區重慶南路一段六十一號八樓 815 室
8F.-815, No.61, Sec. 1, Chongqing S. Rd., Zhongzheng Dist., Taipei City 100, Taiwan (R.O.C.)
電　　話：(02)2370-3310 傳　真：(02) 2370-3210
總 經 銷：紅螞蟻圖書有限公司
地　　址：台北市內湖區舊宗路二段 121 巷 19 號
電　　話:02-2795-3656 傳真:02-2795-4100　網址：
印　　刷：京峯彩色印刷有限公司（京峰數位）
　　　　本書版權為西南師範大學出版社所有授權崧博出版事業股份有限公司獨家發行
　　　　電子書及繁體書繁體字版。若有其他相關權利及授權需求請與本公司聯繫。

定　　價：250 元
發行日期：2019 年 09 月第一版

◎ 本書以 POD 印製發行